文春文庫

ざんねんな食べ物事典

東海林さだお

文藝春秋

ざんねんな食べ物事典

もくじ

ざんねんな食べ物事典

ラーメン行動学

ロボットはカップラーメンを作れるか？

日本人はラーメンに煩《うるさ》い。

煩くない人がいないというぐらい煩い。

たとえば居酒屋で四、五人のおとっつぁんが酒を飲んでいる。

最初のうちは酔いも手伝って話題はいくらでもある。

次から次へ途切れることなく、最近の出来事、昔流行《はや》った流行歌の事、金正恩の事、
こういう場所での話題は、前の人がしゃべった事を受け継いで話す必要は全くなく、ふと思いついた事を前後の見境なく、すぐ口に出していいことになっている。

どんな話題でも突然でいい。

「カズオ・イシグロ」を急に思い出したらすぐ「カズオ・イシグロ」と言っていい。

誰かがカズオ・イシグロを何とか補い、それを誰かがかろうじて受け継ぎ、こういう

話題をまとめるのが上手な人がいて上手にまとめるのだが長くは続かない。

何しろみんな持ちネタがあまりにも少ない。

そうして、さしもの強者《つわもの》たちにも沈黙のひとときが訪れる。

ひとたび沈黙が訪れると、こういうときの沈黙は意外にしぶとく、みんなあせりにあせるのだが適当なテーマが見つからない。

こういう急場に、いつでも、誰でも咄嗟《とっさ》に使えるテーマがある。

ラーメンである。

ひとたび誰かが、

「ラーメンてさあ……」

とつぶやけば、あとはたちまち蜂の巣をつついたようになる。

蜂の巣をつついたあと、それを誰かが放り投げ、それが厨房の煮え立つ天ぷら鍋の中に入り、蜂が飛び散り、それを誰かが踏んづけて滑って転んで頭を打って、遠くから救急車のサイレンが聞こえてくるというような騒ぎになる。

ラーメンについては誰もがしゃべりたいことを一つは持っている。

「ラーメンは何てったってスープ」

「いや、麺」

「それも太麺」

「スープは鰹節」

「いや、煮干し」

「煮干しは長崎の片口鰯」

「昆布なら日高」

「二郎」

「バリカタ」

ついさっきの沈黙はウソのよう。

侃々諤々《かんかんがくがく》、喧々囂々《けんけんごうごう》。

ラーメンが話題になったとき、何か一つ、自分が知っていることを言わなきゃ損、という考え方、一体何なんでしょうね、あれは。

黙っていても何一つ損はしないのに。

ことほどさように、ことラーメンに関する話題は、あらゆる場所で、あらゆる本で、あらゆる番組で語り尽され、もはやラーメンについて語るべきことは何一つ残されていない。

したがって本稿において、ラーメンについ

て何か一つ書こうと思っても、それはすでにどこかで語られ、論議を尽くされ、掘り起こされているはずなのだ。

と誰しもが思う。

はたしてそうだろうか。

わたくしは発見した。

語られるべきラーメンの新しい側面を。

まだ誰もが気づいていないラーメンの真の姿を。

行動学である。

ラーメンに対して、われわれはどのように行動しているか。

ラーメンに対してこれまでわれわれが語ってきたのは知識に関することのみである。

ラーメンに関する豆知識的、雑学的、物知り事典的な面のみが追求されてきた。

行動学という観点からラーメンを探求した人をわたくしは寡聞《かぶん》にして知らない。

「行動学？　何じゃそれ？」

という人は多いと思う。

『渋滞学』という本が数年前に出版され、話題になったことを覚えておられる方は多いと思う。

東大教授の西成活裕氏が書いた本で、車の渋滞を主として論じている。

車はなぜ渋滞するのか、渋滞の原因は、対策は、ということが論じられ、この本がきっかけで、渋滞しない高速道路の設計という実践まで事が及んだ画期的な学問の発表だった。

車に対して人間はどう行動するか、ということがこの学問の基礎になっている。

三島由紀夫も『行動学入門』という本を残している。

行動学には「動物行動学」「比較行動学」「行動心理学」などの分野があり、決して目新しい学問ではないのだ。

ラーメンを行動学の観点から研究して何が悪い！

あ、誰も悪いとは言ってないか。

そういうわけなので、ここから先「行動学から見たラーメン」ということで話をすすめたいと思う。

これから「行動学としてのラーメンの時代」が来ようとしているのを人々はまだ知らない。

そういう時代がいままさに来ようとしているのだ。

いま日本はどういう時代を迎えようとしているのか。

高齢化社会である。

国民の四人に一人が65歳以上、という時代がもう来ている。

と同時に人手不足、労働人口不足の時代もやってきている。

65歳以上の老人はやがて寝たきり老人になる。

要介護3もしくは4という老人が増える。

寝たきり老人には介護人がつききりで食事をさせることになる。

それでなくても介護人はなり手がない。

そこで考えられるのが介護人のAI化である。

ロボットが寝たきり老人の面倒をみることになる。

もちろん食事の面倒もロボットがみる。

寝たきり老人の食事は流動食ということになる。

おかゆ状のものをスプーンで食べさせることになる。

毎回毎回おかゆだと、

「たまにはラーメンを食べたいものじゃのォ」

という老人が出てくる。

日本人はもともとラーメン大好き人間ばかりだから、必ずそういう人が出てくる。

そうなると寝たきり老人に、寝たままラーメンを食べさせることになる。

なにしろラーメンは、丼にツユがナミナミだから、これはかなりむずかしい仕事になる。

しかもそれをロボットがやるわけだから、作業は難航を極める。

さあ、ここでラーメン行動学がクローズアップされてくる。

日頃われわれがラーメンに対して行っている行為の全てをロボットに教えこまなくてはならなくなったのだ。

「ロボット君。いいか、とりあえずよく見てなさいよ。これからわたしがラーメンを食べる一部始終を」

と言っても、ロボットには通用しない。

とりあえず食べ方の一つ一つをパターン化しなければならない。

その①フーフーをする。

その②箸で数本の麺をつかむ。

その③そのつかんだ麺を上方に移動させる。

その④それをこんどは横方向に移動させる。

その⑤横方向に移動させた麺を口の高さに調節する。

というふうに、一連の動きを、一コマ一コマという単位に置き換えなければロボットは理解できない。

ロボットは、その①、その②という段階を一つずつ踏んで次のその③に進む。

これまでわれわれは何の考えもなくラーメンを食べてきた。

麺をつかむ、とか、つかんだ麺を上方に移動させる、とか、次に横方向に移動させる、とか、第一、ラーメンの食事に移動という言葉を登場させる機会がなかった。

これからはラーメンを食べる一つ一つの行動に十分な注意を払わなければならなくなったのである。

ただ漫然と、

「この麵はコシがあっておいしいな」

とか、

「スープはトリガラのほかにトンコツも使ってるな」

などという遊び半分的な食べ方は許されなくなったのだ。

何となれば、あなたの家に多分老人がおられるでしょう。

すでに高齢になっておられるでしょう。

もうすぐ寝たきりになるかもしれません。

あなたは会社に行かなければならない。

そうなると介護ロボットにまかせるよりほかはない。

そうなると介護ロボットを購入しなければならない。

多分そのころは（いつのころかはわからないが）ロボット購入に保険が利くか、レンタルが可能になっているとは思うが、そのロボットを仕込まなければならない。

老人に、

「たまにはラーメンも食べたいものじゃのォ」

と言われればラーメンも食べさせなければならない。

それには自分ちのロボットにラーメンの食べ方を教えこまなければならない。

それには、これからラーメンを食べるときは、その動作の一つ一つを分解的に分析し、記憶しておかなければならない。

さあ、ややこしい時代になってきたぞ。

何も考えずに、のんびりとラーメンをすすっていられる時代ではなくなったのだ。

「たまにはカップラーメンも食べたいものじゃのォ」

と言われたらカップラーメンを用意してロボットに託さなければならない。

「カップラーメンなら気がラクだな。ふつうのラーメンのような、スープナミナミ問題もないし」

と気楽に考えているあなたはやがてとんでもなく面倒な問題に直面することになる。

カップラーメンのこまごました小袋問題である。

「特製スープの小袋」「香辛料の小袋」「香油」と称する小袋、人間であるあなたでさえてこずった様々な小袋を、ロボットはどういうふうに処理するのか。

ロボットは小袋の一つ一つを手で千切るのか、カッターを使うのか、ハサミで切るのか、ハサミだとするとその使い方を教えなければならない。

「香油」の小袋を破くときは、どうしてもロボットの手が汚れることになるが、その汚れた手をどうするのか。

ロボットのことだから、多分フトンになすりつけることになると思うが、それでいいのか。

倒れる、という問題もある。

タテ長型のカップだとどうしても倒れる。食べているうちに必ず倒れる、いつか倒れる、何しろフトンに横になってるわけでしょ、老人は。

その老人にロボットがツユの入ったカップから麺をすくって食べさせようとしているわけだから、一滴のツユもこぼさずに食べさせられるわけがない。

万が一、カップが倒れてあたり一面、畳もフトンもびしょ濡れになった場合の対応の仕方も、あらかじめロボットに教えておかなければならない。

その昔、ソニーからＡＩＢＯというロボット犬が売り出され、わたくしはそれを購入したのだが、その教育がいかに大変だったか、そのことをいまわたくしは思い出している。

カップラーメンの「香油」の小袋から香油を絞り出す方法、ハサミの使い方の指導、手に油がついたときの対処の仕方、フトンにこすりつけないようにとの注意、それらを一つ一つ考えると気が遠くなる。

よく考えたら重大なことを忘れていた。

カップラーメンは熱湯を注いで3分待つ。

熱湯はカップの内側の「線」のところまで注ぐことになっている。

この「線」をどうやってロボットに認識させるか。

ロボットとしてはそこに線があることは認識できると思う。

ただその線がどういう意味を持つのかは理解できないと思う。

越えてはならない一線だということを、道徳的な面から教えたらどうか、という人もいるが、それだとロボットの仕組みがいっそう複雑になって値段も高くなる。

ラーメンの一種につけ麵もある。

「たまにはつけ麵を食べたいのォ」

と言われることも十分予想できる。

つけ麵はラーメンの中でも仕組みが最もややこしい。

ロボットにはこのややこしい仕組みが理解できない。

これまで教わってきたラーメンの仕組みは麵とスープがいっしょだった。

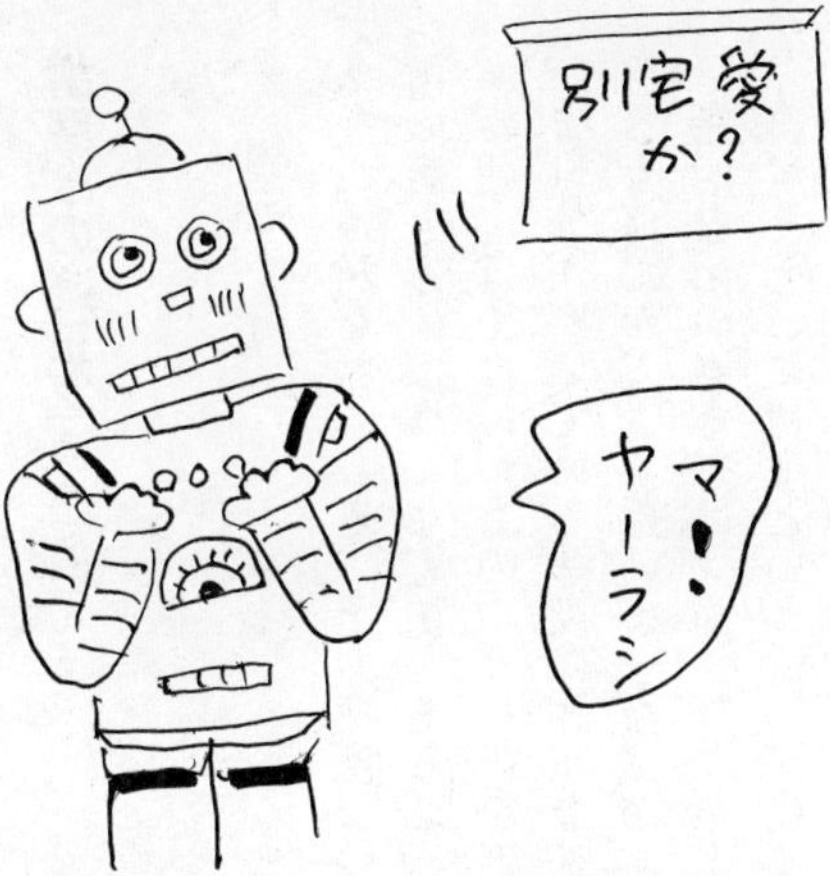

ロボットはこれを同居と理解していた。

二世代同居という言葉も知っていて、これを「和やかな家族」というふうに認識していた。

ところがつけ麺は別居というかたちを取っている。

ロボットは緊張する。

「コレハナニカアルゾ」

はたしてナニカあった。

見ていると、麺がスープ宅に通《かよ》っている。

ちょっとコソコソした感じもある。

会ったあとすぐ帰宅して、またすぐ通う。

スープ宅には家族（メンマ、チャーシュー、煮卵、ナルトなど）も同居していて、そっちのほうの面倒もみているらしい。

「別宅愛」、などという雑誌の見出しなども頭に浮かんできて、ロボットはいま、やきもきしているところである。

歯はこう磨けば出世できる

歯磨きの適正速度を考える

あなたは歯を磨くとき、その速度について考えたことがありますか。

歯の磨き方には様々な方法があるが、今回はその速度に限って考えてみたい。

ある朝、ぼくはいつものように歯を磨いていて、ふとその手が止まった。

いま自分が磨いている速度は適正な速度なのだろうか。

どうも何だか人より遅いような気がする。

一般的な歯の磨き方は、歯ブラシを上下に、もしくは左右に動かして磨いていくのだが、自《おの》ずとそこに速度というものが生まれる。

ゆっくり、ゆっくり動かす人、ガシガシガシッと忙《せわ》しなく動かす人。

そこに適正な速度とは？　という考え方が生まれてくる。

上下、または左右に歯ブラシを一往復させる動きを「1ガシ」という単位で考えると、

1秒に「幾ガシ」が正しいのか。

これまで「歯の正しい磨き方」については数多《あまた》の歯の権威が様々な指導を行ってきたが、その速度について言及した人はいなかったのではないか。

世界保健機関（WHO）あたりが「1秒に1ガシが標準速度」というような発表をしてくれればいいのだが、いまのところそのような動きはない。

それだものだから、現状は周りの人の速度を見回して、自分はどうやら人より遅いようだ、とか、速すぎるらしい、などと勝手に判断するよりほかはない。

ただ、こういうことは言えるのではないか。

ガシガシガシガシッの人はガシガシガシガシッの人生を送っており、ガーシ、ガーシ、ガーシ、ガーシの人はガーシ、ガーシ、ガーシの人生を送っている。

つまり、その人の人生観、人柄、行動様式、性格が歯を磨くときの速度に現われる。

逆に言うと、その人の歯を磨く速度を観察すればその人のおおよその人となりがわかる。

「わたしに言わせればその人の全てがわかる」

と断言する人さえいる。

研鑽《けんさん》に研鑽を積めば、いずれそういう方面の専門家が出てくる可能性は十分考えられる。

すなわち「歯磨き速度研究家」である。

そこまでいかなくても、ごく普通の人でも、歯をガシガシガシッと磨いている人を見れば、

「せっかちの人だな」

とか、

「落ちつきのない人だな」

ぐらいのことはわかる。

ブリア＝サヴァランあたりになると、

「わたしの目の前で歯を磨いてみたまえ。君がどんな人物か言い当ててみせよう」

サヴァラン像
へエー！
こんなおっさん
だったのか

とエラソーに言うことになる。

ということになると、こういうことにならないか。

会社の入社試験。

決まりきった質問を重ねるより、とりあえず歯を磨かせる。

面接の会場に歯磨きのセットを用意しておいて、面接者が入ってきたら、いきなり、

「歯を磨いて」

と命じてその磨く速度をみんなで見守る。

磨き終えたら、

「ハイ、次の人」

ということになって話が早い。

と、ここまで考えて、次のようなテーマが頭に閃《ひらめ》いた。

総選挙である。

ＡＫＢ48のほうではなく国民総選挙のほう。

総選挙ともなると公職選挙法によってNHKでは各候補者が一人ずつ出演して演説をすることになっている。

ちゃんとした演説をする人もいるが原稿棒読みの人も多い。

中にはわけのわからぬことを怒鳴り続ける人もいる。

そんなことをさせるより、冒頭でいきなり歯を磨かせるというのはどうか。

中には嫌がる候補者もいると思うので、公職選挙法で義務づける。

国民は各候補者の演説はどうでもよく、もっぱら歯の磨き方に注目する。

歯の磨き方で判断して投票する。

そうするとこれがほとんど正しかったことがあとでわかる。

「わたしはその候補者の歯の磨き方だけで判断して投票したのだが、やはり思ったとおりの人で思ったとおりの働きをしている」

という人が多くなっていく。

と、ここでまたしてもぼくの頭が閃いてしまった。

現職の政治家たちの歯の磨き方である。

安倍総理はどのような磨き方をしているか。

麻生さんはどうか。

石破さんはどうか。

知りたいじゃないですか、国民として。

安倍さんはあれでけっこう小心の人なんじゃないかな、だから何事にも慎重で、ということはガーシ、ガーシの人なんじゃないかな。

いやいや逆である、という意見も出てくる。

小心の人はどうしても気が急《せ》くから、ガシガシガシッと急速調になるはず、と説く人もいるかもしれない。

麻生さんはどうか。

麻生さんはま横に水平に動かす、というのはちょっとむずかしいのでナナメに磨くはずだ、とか、石破さんは気むずかしそうだから、ときどき速くなったり、急にゆっくりになったり……とか。

新内閣が誕生すると、各閣僚の紹介一覧が新聞の一面に出る。

東大卒とか、趣味は盆栽とか、人当たりはいい、とか、よくない、とか。

あの欄に「歯磨き」という項目を加えてはどうか。

「急速」あるいは「ゆっくり」と出ていれば、その人の人物像がくっきりと浮かび上がってくる。

そうこうしているうちに、いつのまにかこの件に関する評論家が生まれてくる。

歯磨き評論家と称する人たちである。

やがていろんな分野に分かれていって政治家専門の評論家も出てくる。

安倍さんの磨き方についてももちろん評論する。

「わたくしは彼と親しく、いっしょにゴルフをする仲で、もちろんいっしょに歯を磨く仲でもあります。彼の磨き方は一言で言えば慎重。歯ブラシが歯茎に当たらないように気をつけて磨く。これはおそらく祖父(岸信介)の歯茎を見ながら育ったせいかと思われます」

といったような解説をする。

こうなってくると歴史上の人物たちの歯の磨き方についても興味がわいてくる。

西郷隆盛はどうであったか。

信長はどうだったか。

家康はどうだったか。

歴代天皇は速かったのか、ゆっくりだったのか。

ここでこの問題の根本的な問いが発生する。

歯を磨くのは速いほうがいいのか、遅いほうがいいのか、という問題である。

先ほど書いた会社の入社試験の面接では、どちらが優利だったのか。

たぶん急速に磨いたほうを採用したはずだ。「ガシガシガシッ」はテキパキと解釈され、何事も敏速に対処して有能、と判断される。

「ガーシ、ガーシ、ガーシ」はノロノロと判断され、何事にもノソノソと行動して愚鈍という審判を受ける。

この判定ははたして正しいのか。

テキパキはセカセカに通じる。

セカセカはコセコセに通じ、コセコセは貧乏くさくて小物に通じる。

ノロノロのほうはどうか。

ノロノロはゆったりに通じ、ゆったりは優雅に通じる。

モーパッサンだったかバルザックだったか、そのどっちかがこう言っている（ずいぶん無責任な話だが）。

「人間のゆったりした行動は優雅を生み、優雅は威厳を生む」

その例として王侯貴族のふるまいを挙げている。

もし王様がコセコセしていたら……。

殿様が忙しなくセコセコ動きまわっていたら……。

たちまち威厳は損《そこな》われ威令は行われなくなる。

先述の入社試験の場合だと、ガシガシガシッのほうを採ったわけだから、やがてその社員が出世して社長になったときどうなるか。

コセコセ動きまわる社長、ということになり、実際にはそういう社長はあまりいないわけだから、その採用は失敗ということになる。

ここまで書いてきてわかったことは、歯を磨く速度でその人のある程度のことはわかるが、全てがわかる、というのは言い過ぎである、ということである。

サヴァラン君は言い過ぎだ、ということになる。

教訓、歯を磨く速度だけで人を判断すると失敗することが多い。

ただ一つだけ言えることがあるとすれば、歯を磨く速度が速い人は、何をやらしてもやることが速い、ということである。

ぼくの長年の観察によれば、このことだけは確かである。

ぼくが草野球をやっていたころ、チームの合宿と称して民宿に泊まることがあった。

朝起きるとみんないっしょに洗面所で歯を磨く。

このとき周りを見回して、自分の磨く速度がみんなより遅いことに気がついた。

安倍少年は
祖父の歯茎を
見ながら
育ったので
あった？
安倍少年

みんなの速度がガシガシガシだとすると、ぼくの場合は明らかにガーシ、ガーシ、ガーシであった。

歯磨きのあとズラリと食卓を並べて朝食となる。

このときも、ぼくのゴハンの嚙み方が人より遅いことに気がついた。

みんなの嚙み方が、カミカミカミ、だとすると、ぼくの嚙み方は、カーミ、カーミ、カーミ、であった。

朝食のとき当然会話が交わされるわけだがみんな喋り方がぼくより速い。

電話の場合にたとえると、みんながモシモシモシだとすると、ぼくの場合は、モーシ、モーシ、モーシ、であった。

食事のあと民宿から野球場まで歩いて行くわけだが、みんなの歩き方がぼくより速い。

そしてこのとき、もう一つの発見をした。

それは、

「歯の磨き方が速い人ほどゴハンの噛み方も速く喋り方も速く歩き方も速い」

という法則。

すなわち、

「歯の磨き方の速さはその人のあらゆる行動の速さに比例する」

という法則である。

あらゆる行動、ということになると、当然、夜の行動も含まれる。

夜の行動となると当然、主として下半身で行われる上下運動を主体とした動きもまた歯磨きの速さに比例することになる。

その人が歯を磨いているところを見ればそっちの動きの速度も容易に想像できる、ということになるのだが、もちろんそんなことをしてはいけないことはいうまでもない。

論点を最初に書いた「歯磨きの適正な速度」に戻す。

WHOがいまだ結論を出せずにいる歯を磨くときの「標準速度」。これは意外にむずかしい問題を含んでいる。

田舎で育って生まれて初めて都会に出てきた人が一様に言う感想がある。

「東京の人は喋り方がびっくりするほど速い。そして歩き方がものすごく速い」

ゾウも
ドッシリ
ネズミも
チョコマカ
生活評論家
20億回の年金先払い生活者なのです

不動産の物件の説明に、

「駅から10分」

というのがよくある。

これはその物件が駅から「歩いて10分」のところにある、ということを意味している。

そしてこれは田舎の人がびっくりするような速さで歩いて10分ということでもある。

不動産の業界では、この速さを「1分で80メートル」と決めている。

田舎の人が田舎の速度で歩けば、おそらく「駅から15分」の物件になる。

田舎の人ばかりでなくブラジルの人が歩いたら、アフリカの人が歩いたら……。

WHOが容易に「標準速度」を出せない理由はこれだと思う。

ブラジルの人が歯を磨いたら、アフリカの人が歯を磨いたら……。

ここに一冊の本がある。

『ゾウの時間ネズミの時間』という本である（本川達雄著・中公新書）。

この本は二十年以上前に刊行され、以来、版を重ねること75回、いまだに売れ続けているベストセラーである。

この本には、

「ゾウもネズミも心臓は20億回打つと止まる」

ということが書いてある。

ゾウやネズミに限らず、キツネもクマもサルもコウモリも、哺乳類は大小を問わず心臓が20億回打つと死ぬ。

「息をスーと吸ってハーと吐く間に、心臓は4回ドキンドキンと打つ」

ので、一生の間に5億回息をスーハーすると死ぬ。

心臓のドキンが20億回、肺のスーハーが5億回、これを全部こなすと人は死ぬ。

年金で考えると、生まれたとたん、心臓の分が20億回、肺の分が5億回、両方先払いで払ってもらって、あとはチビチビでも、パッパッでも自分の裁量で遣っていく年金暮らしということになる。

人間は緊張すると心臓がドキドキし、息づかいも荒くなる。

人間、出世して偉くなるとこういう場面が多くなり、金遣いが荒くなったという状態になり、年金がどんどん減っていく。

かといって、ネズミのようにビクビク生きるというのもナンだし、人間は人間の時間を生きるべきだと思うのだが、年金のことを考えると、それもなかなか……。

何でも面白がってやろう

かつて（1960年代）『何でも見てやろう』という本が大ベストセラーになった。

小田実《まこと》という一介の青年が、世界中を「何でも見てやろう」の精神で見て回った旅行記である。

青年であるからお金のあろうはずもなく、一日一ドル（当時360円）で過そうという貧乏旅行だった。

その後流行したバックパッカーの開祖でもあった。

若さゆえの気力、体力、血気あってこその発想である。

1960年代は「安田講堂事件」に象徴される青年が元気な時代だった。

あれから半世紀、元気な青年たちが急にいなくなった。

ふと気がつくと、あたりは老人ばかりになった。

アクビにも稽古が必要
手はそうじゃなくてこう…
ファ〜〜ア

老人の時代になったのである。
老人に元気はない。
気力も体力もお金もない。
好奇心もすっかりなくなった。
世の中のことも大体わかった。
見るべきほどのことも一応見た。
これから先、世の中をどう見て過していけばよいのか。
どういう方針で生きていったらよいのか。
老人たちは迷っている。
そこで提案だが、こういう方針はどうか。
「何でも見てやろう」に代わって、
「何でも面白がってやろう」
というのはどうか。
物事を真面目に、真正面に見ず、ナナメに面白がって見る。
そしてどんな物事でも楽しい方向に持って

っちゃう。

つまり今までつい深刻に考えてしまいがちだった物事に対する考え方を大きく変えてしまうのだ。

そういう意味では一種の哲学であるとも言える。

哲学には純粋理性批判とか、神は死んだ派とか、実存は本質に先立つ派とか、懐疑派とかいろいろあるが、わたくしがこれから提唱しようとしているのは認識論の一種であり、万物愉快認識論面白派とでもいうべき哲学で、これからの時代を生きていく人々、特に年金で生きていこうとしている人々にとってはまことに有効な哲学だと思う。

「何でも見てやろう」だと、見に行くための旅費などいろいろかかるが「何でも面白がってやろう」は何しろ哲学である。頭の中での出来事であるからお金は一銭もかからない。

早速実例を示そう。

欠伸《あくび》である。

欠伸自体は面白くも何ともない。

無様《ぶざま》であり醜態でさえある。

欠伸を面白がることは出来るのか。

出来るのである。

欠伸は生理現象の一種で、出そうと思って出るものではない。

多少の予感はあるから、対応の仕方がないわけではないが、まあ、大体の場合は出るにまかせるという方針で臨むことになる。

すると、まかされたほうは、何しろまかされているわけだから、自分の方針どおり、というか、出まかせというか、自然に口が開き、同時に「ファ〜〜ァ」というような音声が洩れる。

それではいけない、という人が出てくる。

欠伸には欠伸なりの正しい出し方があるのだ、というのが落語の古典「あくび指南」である。

欠伸には季節感を出さないといけないという。

タイミングやコツがあるという。

実際にはタイミングやコツを考えながら欠伸をする人はいないのだがそれではいけないらしい。

そういうタイミングやコツは簡単には覚えられないから、それを教える教習所が必要になってくる。

それを教える先生がいて、その先生が美人で、その美人のもとで熊さんと八っつぁんが練習に励む、というのがその噺《はなし》のあらすじである。

欠伸にコツがある、ということを大部分の人は知らなかった。

欠伸を練習する、ということも、この落語で初めて知った人も多いと思う。

この落語で人々は大いに笑う。

欠伸という不謹慎をちゃんと笑いに持っていくことができた。

しかも楽しかった。

石ころというものがありますね。

そのへんに転がっている石ころ。

何でもないもの、つまらないもの、何の役にも立たないものの例えとしての石ころ。

こういう石ころを「笑ってやる」ことはできるのか。

わが哲学は石ころにも有効なのか。

石ころによってわが哲学が試されることになった。

ただの石ころを笑って楽しんでみよう、という人はちゃんといた。

つげ義春という人である。

彼の作品に「石を売る」というのがある。

珍しい形の石、とか、何かの動物に似ている石、とか、そういうたぐいの石ではなく本当にただの石ころを店先に並べて売っている人がいる。

こんなものをお金を出して買う人がいるはずがない。

売ってるほうも、誰かが買ってくれると思っているわけでもない。

でも店先にたくさんの石ころを並べてそのそばにじーっと座っている。

不思議なおかしさ。

どうです、面白がろうと思えばどんなものでも面白がることができる。

たとえ、ただの石ころでもこのように面白がることができる。

考えてみると、日本の落語というものはこの立場ですね。

この立場で物事を考える。

立川談志師匠は、

「落語は人間の業の肯定である」

などと物々しいことを言ったが、落語こそ万物愉快認識論面白派の哲学なのではないか。

何でも笑ってやろう、という精神。

貧乏というものはどちらかというと暗い状況を想像しがちだが、これだって考えようによって明るく陽気になる。

古今亭志ん生師匠の貧乏長屋時代は有名である。

部屋の中をなめくじが這いまわるような貧乏長屋だったが、師匠はこれを自ら「なめくじ長屋」と称して愛好していた。

人が嫌うなめくじさえ手なずけてしまった。

「なめちゃん」とか呼びかけて手なずけたんでしょうね。

偏見を捨てよ、町へ出よう。

人物はどうか。

人物を面白がるという立場は風刺につながる。

そういう意味から政治家はしばしば面白がられることが多い。

安倍首相を面白がるとするとどういうことになるか。

志ん生師匠が出たのでついでに、師匠に面白がってもらうことにする。

「あの人てぇものはもともと面白味のない人なので面白がりようがないんですが、ただ、あの人はトシのわりに毛が多い。

あのトシであのぐらい毛のある人はそうはいませんよ。

だからいきなり禿げてもらう」

さすが師匠、いいことを言う。

「それ以外に面白くなりようがないん」

Tシャツというものがあります。

ローマ字のTの字に似ているからTシャツ。

大抵の人が下着として着ているTシャツ。

これを目の前に広げて置いてじっと眺めていても面白くも何ともない。

だが、このものをようく見ると穴が四つあいている、ということがわかる。

Tシャツには穴が四つある、ということ、これまで気がつかなかったのではないですか。

そう言われれば確かに四つ穴があるな、と今更のように驚いた人もいると思う。

うんと小さい穴が二つ、中ぐらいの大きさの穴が一つ、うんと大きい穴が一つ。

うんと小さい二つの穴は両腕を通すための

穴で、中ぐらいの大きさの穴は首を通すための穴、うんと大きい穴は胴体を通す穴。

これはTシャツがこの世に生まれたときから決まっているのでこれに違反することはできない。

これからTシャツを着ようとするとき、目の前に掲げて全体を眺め、まず頭にかぶってこの中ぐらいの大きさの穴のところに頭を通す、そうすると小さい穴の一つがこう右側にくるわけだからそこに右腕を通すと必然的にこっち側に左側の穴がくるのでそこに左腕を通し、そののち全体を下に向かって引っ張る。

というような予定を一応立てますよね。

そんなに真剣ではないが、一応、大ざっぱにそんなふうなことを考えますよね。

考えなきゃ着られないじゃないですか。

たかが下着に、いちいちそんな予定を立てながら毎日を過しているオレ。

そう言われればオレって毎日そういうことしているんだな、と、人に指摘されないと気がつかないオレ。

そういうオレ、おかしくないですか。

そういうオレを、思わず笑っちゃったりしませんか。

こうなってくると、オレ自体をオレが笑うことになる。

つまり、面白がろうとさえ思えば、どんなものでも笑うことができる、ということを

そういえば歴代首相の中で
ハゲの人っていたっけ？

ここにおいても再確認できたことになる。で、そうやってＴシャツを着終えて鏡を見たら、後前《うしろまえ》に着ていることがある。

そうなると、また脱いで、またいちいち確認しながらようやく着直す。

そして鏡を見ると、今度はＴシャツを裏返しにしていることに気づく。

裏のほうを表にして着ている。

人間はこんな単純きわまりない下着にさえ、こんなにもわずらわされながら生きているのである。

突然ではありますが『パパラギ』という本があります。

これは文明論の古典中の古典といえる本で、今からおよそ百年前に出版されて世界中でベストセラーになった。

どういう本かというと、文明から遠く離れ

た南海の孤島、ウポル島（西サモア）の酋長ツイアビという人が、生まれて初めてヨーロッパを旅行し、そこで見聞した印象を島の人々に報告した内容を一冊の本にまとめたものである。

パパラギとは、ウポル語では白人を指す。

ツイアビはそのころのヨーロッパの人たちの生活ぶりをこう語る。（以下『パパラギ』立風書房・岡崎照男訳より）

「たくさんの島々のかしこい兄弟たちよ！　私はこれから、ひとりひとりのパパラギが、どんなにやっかいなものを身につけているか話してみよう。

ある植物の繊維から取った薄く白い皮が、いちばん下で、裸のからだを包んでいる。これを上皮《うわかわ》という。上皮を投げ上げて、頭、胸、腕を通すと、それは上から下へ、太ももの所まで落ちてくる。逆に下から上へ、両脚と太ももを越えて引っぱり上げ、へそまでくるのが下皮《したかわ》である。この二つの皮は、三つめの厚い皮でしっかりと包まれる。この皮は、そのために特別に飼われている四本足の、毛の柔らかい獣の毛を抜き、それを織って作られたものである」

三つ目の皮というのは腰布のことであり、ここまでの記述は、白人はTシャツとパンツと腰布を身にまとっている、ということになる。

「足は柔らかい皮と固い皮で包まれる。柔らかい皮は、たいてい伸び縮みして足によく

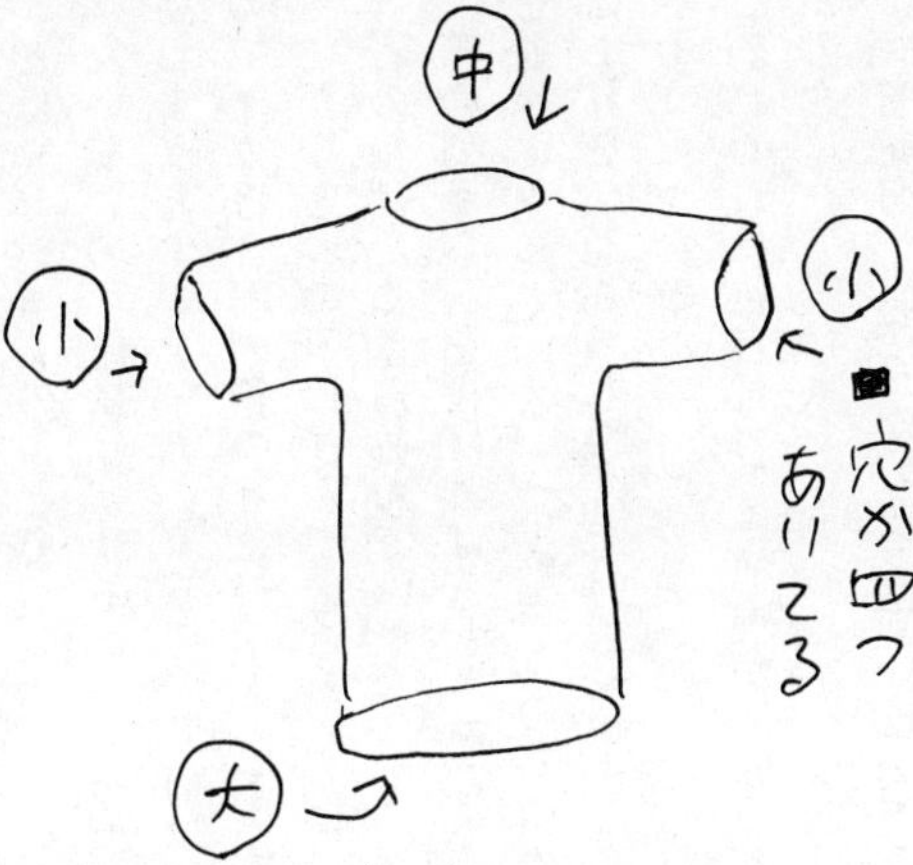

合うが、固い皮はそういかない。この固い皮は、もとは強い獣の皮で、それを固くなってしまうまで水につけ、刃物でけずり、打ち、日に照らす。この皮で、パパラギは、ちょうど足がはいるくらいの、ふちの高い小さなカヌーを作る。一つのカヌーを右足に、そしてもう一つを左足に」

「パパラギは、この足皮を日の出から日の入りまではき続け、マラガ（旅行）にも行けばダンスもする。たとえスコールのあとのように暑くても、脱ぐことはない。これはいかにも不自然なことだから、足はもう死にかけていて、いやな臭いがしはじめている」

ツイアビの「上皮」の記述は、ぼくのTシャツの記述とよく似ていて、この件に関してはぼくの観察力とツイアビの観察力とは同程度ということになる。

「パパラギは、巻貝のように堅い殻の中に住み、熔岩の割れ目に住むムカデのように、石と石のあいだで暮らしている」

とはマンションのことで、

「たいていの小屋には、サモアの一つの村くらいたくさんの人間が住んでいる。だから、訪ねようとするアイガ（家族）の名前は、正確に覚えていなければならない。それぞれのアイガは、石の箱のどこか、上か下か真ん中か、または右か左か真正面か、とにかくどこかひとつの所に住んでいるからだ」

石の箱はたくさん並んでいて、

「箱の列から石を投げればとどきそうな所に、もう一列石の箱が、これもまた肩と肩を並べて立っている。（中略）この二つの列のあいだにせまい割れ目があり、パパラギはこれを『通り』と呼んでいる」

そうだったのだ。

われわれは毎日毎日、「植物から取った薄くて白い上皮を身にまとって」暮らしていたのだ。

毎日毎日、「柔らかい皮と固い皮でできているふちの高いカヌー」を履いて暮らしていたのだ。

そのため「足はもう死にかけていて、いやな臭い」を放っていたのだ。

「巻貝のように堅い石の箱に住み」「熔岩の割れ目に住むムカデのように、石と石のあいだで暮らしてい」たのだ。

そのことに誰も気がつかなかったのだ。

文明も、笑ってやろうと思えば笑える存在だったのだ。

「痒《かゆ》い！」の研究

搔く快楽に商機あり

全盛期という言葉がある。

「恐竜の全盛期」というふうに使う。

いま日本は老人の全盛期である。

日本中、どこへ行っても老人だらけ。

日本の人口の四人に一人が六十五歳以上の高齢者という時代になった。

これから商売を始めようとする人は、当然〈老人相手の商売〉ということを考えなくてはならない。

バブルの時代は若者の全盛期だった。

商売相手は若者だった。

若者はクルマを欲しがっていたのでクルマが商売になった。

老人は
痒がっている
この事実から
新しい産業が
生まれる!!
思わず
飛び上がるほど
痒くて気持ち
のよい絶頂期

いま老人は何を求めているか。

バブルの時代と違って今は景気がよくないのでクルマのような高額商品は望むべくもない。

まして年金老人は金を持ってないので、とりあえず小型商品ということになる。

老人が欲しがり、かつ値段の安い商品。

とりあえず孫の手が商売になる、とぼくはニラんだ。

商売になる、ということは産業になる、ということである。

孫の手が産業になる？　そんなバカな、と誰もが思うであろう。

そう思った人は、わたくしがこれから展開する老人産業の理論を読んで、ハゲシク後悔し、思わず衿を正すことになる。

時代というものは恐ろしい。

かつて鉛筆が主幹産業だった時代があった。

孫の手が主幹産業になる時代がやってきたとしても何の不思議もないのだ。

現在の千葉ロッテマリーンズの系譜をたどると「トンボユニオンズ球団」の時代があったことを知って驚く人は多いと思う。トンボ鉛筆という会社がプロ野球の球団を持っていたのである。

プロ野球の球団のオーナーは、その時代の主幹産業であることが多いことは誰もが知っている。

この先、孫の手はどのようにして主幹産業に成り上がっていくのか。

皮膚感覚、ということからこの理論は始まる。

みずみずしい肌、という表現がある。

皮膚の水分量はみんなが思っている以上に多い。

若い人は50%から60%というから驚く。

この水分量は加齢とともに減っていく。どんどん減っていってカサカサになり、干からびた田んぼ状態になっていってあちこちにひび割れができる。

「んだ、んだ」

という老人たちの声が全国から地鳴りのように聞こえてくる（何しろ数が多いので）。

皮膚の一番表面の角質層にたくさんのすき間ができると、そこへ外部からほんのちょっとした異物が侵入しただけで、それが刺激となって痒みが生じ、ウー、カイカイカイという事態になって掻かずにはいられないということになる（再び地鳴り）。

高齢者の95％に乾皮症の症状が見られるという統計がある。

全盛期の老人の95％が痒がっているのだ。

痒いところに手が届く、という言い方があるが、痒いところは手が届く範囲内にのみ発生するわけではない。

むしろ、届かない場所が痒くなる場合のほうが多い。

全盛期の老人の95％が痒いところに手が届かなくて、ウー、カイカイカイと言いながら困っているのだ。

ここに商機がある。

全盛期の老人の95％が孫の手に殺到する。

ここで孫の手の市況に目をやってみよう。

市況というのは市場があっての言葉だが、いまの孫の手に市場と言えるほどのものがあるだろうか。

孫の手を買おうと思ってもデパート、コンビニに売ってなく、かろうじて観光地の土産物屋の店頭で、木刀などといっしょに並べられている粗末な竹製のものしかない。

だが、やがて、コンビニの店頭の一番目立つところに孫の手が林立する日がやってくるのだ。

竹製だけでなく、桂《かつら》、榧《かや》、黒檀などの銘木製、スチール、タングステン、チタンなど、ゴルフのクラブ並みの高級品が続々と登場する。

把手のところが銀で数十万円、などというブランドものも出てくる。

テレビの初期のころはテレビは一家に一台だった。それがやがて一人に一台の時代になっていった。

いま孫の手は一家に一本あるかないか、というところだろう。

それがやがて一人一本の時代になっていくのだ。

これから先、老人は増えるばかりだ。

ゴルフ人口は減る一方だが孫の手人口は増加の一途をたどる。

一人で二本、いや、五本セット、痒い場所によってウッド、アイアンと使い分けるフルセットを持つ老人も増えてくる。

市場を世界に広げてみよう。

老人は世界的にも増加中だ。

日本の孫の手は搔き味がいい、さすが日本刀の国、エッジの利かせ方が独特である、ということになって孫の手の輸出大国となっていく。

孫の手産業はやがてトヨタ、ニッサン並みの大企業となる。

これまで痒みは、数ある皮膚感覚の中で地味な存在だった。

もし痛覚がなければ命にかかわる事態になりかねないし、圧迫感がなければ骨折に至るし、熱感がなければ大火傷にも気づかない。だが痒みの感覚は我慢すれば消えることもあるし、まさにあってもなくても痛くも痒くもない存在であった。

だが痒みには他の皮膚感覚にはない特筆すべき大きな利点があった。

それは快感である。

痒いところを掻くと気持ちがいいということは誰もが知っている。

肩甲骨の横あたりが痒いな、と思って手をそのあたりに伸ばして掻き始め、核心を探りながら掻いていき、ついに核心を探り当てて力強くボリボリッと掻き始めたときのあの快感、絶頂感。

このとき誰もが言わずもがなの、

「ウー、カイカイカイカイ」

を声に出して言い、よく考えてみると、この発言は誰に向かって言っているのか、自分の行為を自分に解説しているかのごとく呻《うめ》かざるを得ないほどの快美感を味わえる。

快感は商売になる。

世にある娯楽産業の基《もと》になっているのは快感である。

パチンコ産業の基はチンジャラの快感であり、遊園地のジェットコースターはスリルの快感を求めて人が集まる。

娯楽産業側から見ると、痒みは資源なのだ。

ただこの資源に大きな欠点が一つだけある。

痒みは自然発生的なものなので、痒くなるのをただ待つよりほかはない。

一週間、十日待っても痒くならないこともある。

せっかくの産業資源を無駄に休眠させておかざるをえないのだ。

この事態を企業側が黙って見ているはずがない。

「ヒム」という薬が発売される。

「ムヒ」は痒みを抑える薬だが、ヒムは痒みを起こす薬だ。

人は娯楽を求める。

痒いところを掻く、掻いて快楽を楽しむということが娯楽の一つになっていく。

温泉にひたるというのは娯楽の一つで、

「ひとっ風呂浴びるか」

ということになるのと同じように、

「ひとっ掻き掻くか」

ということになって、しかるべきところにヒムをシュッとひと吹きすると、たちまちそこが痒くなる。

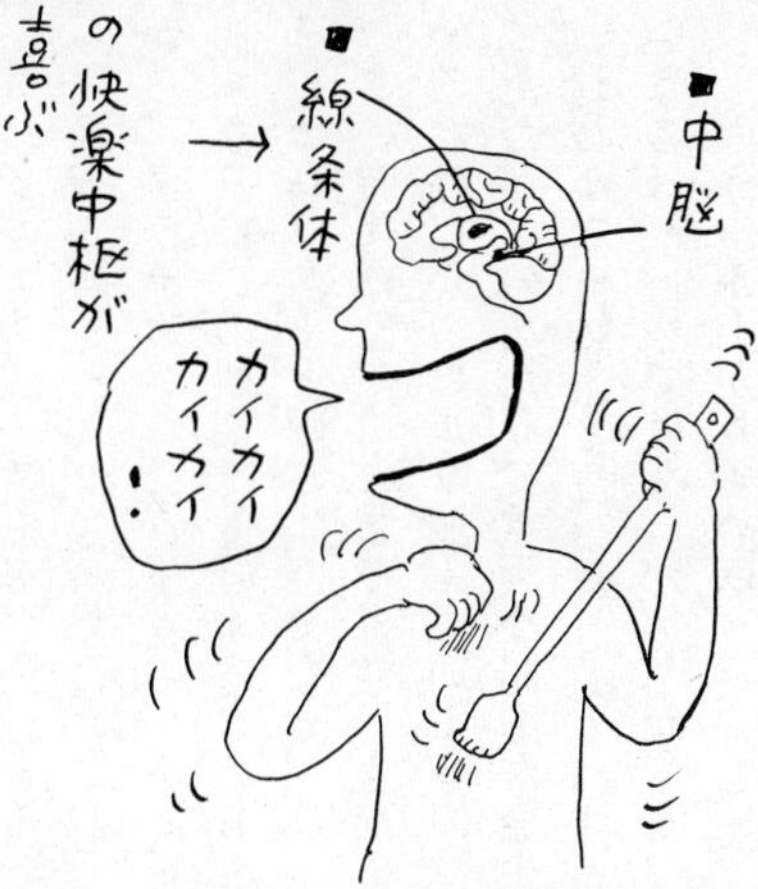

もちろん掻きやすいところを選んでいいわけだが、わざと肩甲骨の横の掻きにくいところにヒムして、あわてて孫の手セットを取りに行くというのもこの娯楽の楽しみ方の一つとなる。

他の製薬会社もこの業種に参入してきて、各社それぞれの痒みを競うようになる。

「わさび風和風味の痒み」とか「キムチ系の痛痒い痒み」など、顧客のほうもその日の気分によって使い分けるなどして、この業界も活況を呈する。

孫の手産業同様、痒み起こし薬業界も世界に進出していく。

このようにこの業界もグローバル化していくと、「孫の手」とか「痒いところを掻く」とかの時代遅れの用語では商売がしづらくなる。

英語のネーミングが必要になってくる。

業界全体としては「痒いところを掻く産業」であるから「スクラッチング」が選ばれる。

コンビニエンス・ストアが長過ぎるのでコンビニになったように「スクラッチング」も長過ぎるので「スクラ」（スにアクセント）、孫の手は「グランチャイルド・ハンド」から「グラチャン」（ラにアクセント）に落ち着く。

ちなみにこの娯楽を愛好する人のことを、吉永小百合のファンをサユリストと言うようにカユリストと呼ぶようになる。

この時代には、ここまで書いてきたように一本数十万円の高級グラチャンを使う人もいるわけだからゴルフ並み、いやゴルフ以上の高級な娯楽になっている。

ただ、このあたりで重大な問題が発生する。

いわゆる自然派と言われる人々の間から、「痒くないところを無理矢理痒くさせるというのは不自然ではないか。しかも薬で」

という声が上がり始める。

言われてみれば尤もな話である。

痒くないところを薬で痒くし、そこを掻いて快感を得ようとするのは麻薬と同様の不道徳な行為であるから「ヒム取締法」という法律で罰すべきである、という団体さえ出

「鹿児島産の蚊も
よい痒みが得られる！」
よい針を
持っている
と言われて
いる

てくる。
様々な論議の末、蚊がクローズアップされる。
蚊に刺されれば誰でも痒くなる。
蚊が自然に飛んできて人を刺し、そこが痒くなってそこを掻く。
ごく自然な人間の営みであって夏の風物詩でさえある。
ここでまた製薬会社がそれに目をつける。
金鳥蚊取り線香の会社が、蚊おびき寄せ香という渦巻線香を発売する。
これを焚くと蚊が飛んできてすぐ刺してくれる。
そのうち、
「都会の蚊より田舎の蚊のほうが痒みに味がある」
というような話になっていく。

どこ産の蚊が名蚊か、ということにもなっていく。

鮎なら四万十川、マグロは大間。蚊は何といっても屋久島産というような論議も蚊通の間で行われるようになる。

屋久島に蚊取り業者が殺到し、たちまち値段も上昇して一匹500円で取引きされる。

一匹500円であるから一回刺したきりで逃げられては困る。

蚊専用の虫籠も必要になってくる。

様々なメーカーからカラフルで様々なデザインの虫籠が発売される。

ニトリもお値段以上の虫籠を発売して評判になる。

もちろん金持ちは一人で十匹、二十匹と飼うから、こうなってくると飼育というようなことになり、飼育ということになれば当然餌が必要になる。

ペットフードの会社も商機ととらえて参戦する。

ここまでの展開を見てみよう。

痒みという産業資源から、まず孫の手業界が潤った。

それから痒みを発生させる製薬会社が潤った。

次に蚊の捕獲業者が潤い、ニトリも参入した虫籠業者が潤い、ペットフードの会社の株価も上がった。

関連業者はまだまだ増える。

娯楽用蚊帳デラックス
プイーン
これはニトリ製

虫籠の中の蚊をどうやって取り出し、どういう場所で刺されることになるのか。

蚊というものは放っておけばどこかへ飛んで行ってしまう。

一匹500円が一回刺したきりでどこかへ飛んで行ってしまうのは困る。

プロボクサーにリングが必要なように、蚊に刺されるにはしかるべき場所、すなわち蚊《か》帳《や》が必要になってくる。

一度日本から姿を消した蚊帳産業が復活する。

昔のままの蚊帳ではなく、趣味娯楽として用いる蚊帳であるから、個人用の小型で、色も形も現代風になり、ピエール・カルダンの蚊帳、セリーヌの蚊帳などがもてはやされる。

もちろんニトリも参戦する。

すなわち新たに蚊帳産業が振興するわけだ。

ふだんは一人一蚊帳一匹だが、特別な日、たとえば誕生日などには一蚊帳に十匹（5000円）いっぺんに放って全身赤い〝蚊の跡〟だらけになってカイカイカイと大騒ぎの贅沢をする人も中にはいる。

蚊による痒みは、掻き終ったあとのトドメが楽しい。

これでお終いという意味を込めて、プックリ盛り上がった赤い小山のてっぺんに、爪の先でギュッと十文字の刻みを入れるとき至福を感じる。

十匹放った人は事後、全身のトドメで大忙しになる。

ヒムによる痒みの造成は随時であった。

先述のように、

「ひとつ掻き掻くか」

と思いさえすれば四季を問わずいつでも痒みを発生させていつでも掻くことができた。

だが蚊ということになるといつでもというわけにはいかない。

「金鳥の夏、日本の夏」というコマーシャルでも指摘しているように、蚊は夏のものだ。

つまりシーズン物である。

夏以外のシーズンはどうするか。

これが蚊業界の最大の悩みだった。

それともう一つ、乱獲による資源の減少である。

減少による価格の暴騰もある。

この問題にマグロ業界、鰻業界はどう対応したか。

その通り、養殖である。

蚊も養殖への道をたどることになるのは必定である。

くわしいことはわからないが、マグロや鰻に比べて蚊の養殖は意外に簡単なのではないか。

やがて養殖蚊の時代がくる。

もちろん、そのときまっ先に手を挙げるのは近大である。

近大蚊は安くて掻き味も柔らかい、ということでたちまち評判になる……に違いない。

残念な人たち

残念の極み、謝罪会見の実態をふりかえる

『ざんねんないきもの事典』という本が売れている。

じゃんじゃん売れている。

すぐ続本が出、続々本が出、これから先もどんどん出るらしい。

なぜいま残念なのか。

「ざんねんないきものとは一生けんめいなのに、どこかざんねんないきものたちのことである」

とカバーの折り込みのところに書いてある。

「期待したようにうまく事が運ばなかった、残念」

というフレーズも見えるし、「どうしてそうなった⁉」とも書いてある。

例としてこういうのがある。

社員はわるくありませんっ
山一証券野澤正平社長
この頃のこの純情と比べると昨今の謝罪会見の社長たちの白々しさがよくわかる！

トビウオの天敵はマグロなどの大型魚である。

マグロは泳ぐスピードも速いし、この天敵に襲われたら逃げきれるものではない。

この天敵から逃げる方法として、トビウオは空中に飛び上がることを考えた。

トビウオは時には４００メートルも飛び続けることができる。

マグロは空中に飛び上がれない。

これで問題は解決したかに見えるが、飛び上がった空中にはカツオドリという鳥が待ち受けていた。

カツオドリは常に群をなしていて、これが大群となってトビウオに襲いかかる、残念。

一生懸命考えた挙句の結果がこれ。

人生に残念はつきものである。

残念のない人生はない。

一生懸命考えぬいた結果がこれ、ばっかり。

「ざんねんな人たち」も大勢いる。

しかも、最近ざんねんな人たちが急増している。

謝罪する人たちである。

毎日のように、どこかで、誰かが謝罪している。

謝罪会見が殷賑《いんしん》を極めている。

謝罪会見を開く人はみんなそこそこまで行った人たちである。

そこそこまで行ったのに恥を忍んでみんなに頭を下げなければならない。

大勢の人たちの前で、林立するマイクを前にして、深く深く頭を下げなければならない（浅い人もいるが）。

残念の極みである。

謝罪の内容は不倫であったり、会社の不祥事であったり、身内の不品行であったりするが、要するに〝不〟の字の周辺の行為をみんなに謝罪するための会見である。

残念な人の残念を聞かされるのは聞いていて心地よい。

美談を聞かされるよりよっぽど楽しい。

謝罪会見が殷賑を極める所以《ゆえん》である。

ここで日本における謝罪会見史を振り返ってみたいと思う。

　思いつくままに振り返ってみると、まず思い出として残っているのは、山一證券社長の涙の謝罪会見である。

「社員は悪くありませんから！」

　この名ゼリフはいまだに人々の記憶に鮮やかに残っている。

　最近では日大アメフト部の違反タックル問題での謝罪会見。

　人々の記憶に残る名謝罪会見には名ゼリフがつきものである。

　日大アメフト部事件で言えば、会見場で記者の、

「これで日大のブランドが落ちるのではないか」

　との質問に対して、

「落ちません」

　と、間髪を入れずに答えた広報部職員のあ

の間《ま》のよさ。

この「落ちません」は、今後、日大アメフト部事件が語られるたびに、名ゼリフとして人々の記憶に甦るはずだ。

謝罪会見としては小物ではあるが、「船場吉兆」の食品偽装事件というのがあった。

エ？　そんな事件あったっけ、と誰もが思うところであるが、

「ホラ、『ささやき女将《おかみ》』で話題になった」

と言えば、

「あー、あれね」

と誰もが思い出すはずだ。

事件としては吉兆の製品のラベルの消費期限を貼り替えたとかいう程度のものであったが、頼りにならない長男（取締役）の謝罪会見に付き添った母親が、長男の耳元でいちいち、

「もっと大きな声で！」

とか、

「頭がまっ白になったたって言いなさい！」

とか、囁《ささや》いたつもりなのだが、それを全部マイクが拾っていて、これで俄然事件がクローズアップされた。

「ささやきおかみ」
としてその名を
馳せた湯木佐知子氏

この一件を見ても、謝罪会見におけるセリフの役割の大きさを痛感させられる。

ここで急に思い出したのが、

「寝てないんだ」

である。

雪印集団食中毒事件（2000年）というのがあって、大勢の記者に取り囲まれた社長が逆ギレして言ったセリフがこれ。

いまから18年も前であるから、会社のコンプライアンスとかガバナンスとかいう概念が確立していない時代だった。

だから社長としても、こういう場合の対処の仕方を心得ていなかったのだ。

現在ならば会社の危機管理のシステムも確立していて、周辺の者がそれなりのお膳立てをするが、当時は社長一人があわてるばかりだった。

「寝てないんだ」

だけをパソコンに打ちこむと、雪印乳業という会社の名前と、石川哲郎という社長の名前が「寝てないんだ社長」として出てくる。

この一件が日本に於ける謝罪会見の歴史の始まりであったとする人は多い。

つまり逆ギレはダメできちんと謝罪しないと会社のイメージを大きく損うことに人々は気づいたのである。

日大アメフト部事件の「落ちません」発言も、言ってはならないセリフだった。広報担当ともあろう者が、対応のノウハウを心得ていなかったが故の発言で、このあと発言の責任を問われている。

依然として組織としての会社・大学でさえこの程度の対応しかできないのが現状である。

そこで、恥ずかしながら、わたくしが個人として考えた対案をいくつか披露してみたいと思うに至った。

つまり現状の謝罪会見は細部を詰めていないのだ。

たとえば、謝罪会見はお辞儀でスタートする。

お辞儀でスタートし、ところどころでお辞儀をし、要所要所でお辞儀をし、最後に深く深くお辞儀をして終了するという段取りになっている。

つまりお辞儀という普段使いの動作を謝罪という特異な行為に流用しているに過ぎないのだ。

挨拶としての「コンチワー」と「深く深く反省」が同等になっているのだ。

これは明らかにおかしい。

謝罪会見を見ている人の全てが、あのお辞儀に不信感を持つのは当然のことだ。

「コンチワー、ゴメンネ、もひとつコンチワー、おまけにもひとつコンチワー」

と言ってるようなものなのだ。

まずこの不信感を取り払わなければならない。

お辞儀に代わる動き、ふるまいがなくてはならない。

現状の謝罪会見の実態を改めてふりかえってみよう。

テーブルがあって、その上にマイクが林立していて、謝る側の人が一人ないし数人椅子に座っている。

そのうちの主役らしいのが、座ったまま、このたびは世間をお騒がせして、ゴニョゴニョゴニョと言ったあと、「申し訳ありませんでした」と、ひときわ声高く言い、ここで全員がいっせいに立ち上がって深く深くお辞儀をするわけだが、立ち上がったあと全員がお辞儀の代わりに胸を掻きむしるというのはどうか。

もちろん表情は苦悶。

全員揃って頭をテーブルにガンガン打ちつける、というのも考えられる。大勢いるとかなりうるさいが、その音がうるさいほど謝罪の気持ちが深いと判断される。

地団駄を踏む、というのもある。

地団駄を踏みつつ頭をガンガンテーブルに、ということになれば効果は倍増するはずだ。

全員が手ぶら、というのも何だか気になる。

組織の人というものは、何か重大なことを行うときには手に何か持っているものなのだ。

手ぶらだと、どうしても気楽という印象をまぬがれない。

謝罪会見のときは全員が何かを手に持つ。

数珠《じゅず》というのはどうか。

いや、だから本格的なやつではなく、謝罪会見用数珠というのを開発する。

そのうちその数珠を見れば、あ、これは謝罪用だな、とわかるようになる。

服装に関しては、とりあえず黒系で地味。

靴はどうか。

もちろん黒がいいがあんまりピカピカに光っているというのも問題がある。

謝罪会見というものは、急に不祥事が起きて急に会見ということになる場合が多い。

急場につぐ急場である。

そんなときに、

「靴をピカピカに磨いているヒマあったんかい」

ということになって印象が悪くなる。

このように、謝罪会見における動作、服装、表情、靴のテカリ具合、というふうに、ひとつひとつパターンをこまかく詰めていく。

改善すべき点はまだまだいくらでもある。

改善というのは、現行の状態をより良い方向に持っていくという意味であるが、いまはその〝現行〟さえ定まっていないのだ。

「謝罪会見時の心得」というガイドブックをつくり、幹部社員にちゃんと配っている会社はどのくらいあるだろうか。

先述のお辞儀ひとつとっても、まだまだ詰めるところはたくさんある。
胸を掻きむしる、頭ガンガン、地団駄はやっぱり過激すぎるような気もする。
現行のお辞儀でいいことにしよう。
問題はお辞儀をしている長さにある。
いまは人によってまちまちで、十秒の人もいれば三十秒という人もいる。
困るのは現場で立ち会っている人たちである。
テレビで見ている人も困る。
この人は何秒ぐらいお辞儀をしているつもりなのか。
この長さを全国的に統一するというのはどうか。
たとえば黙禱は一分というのが全国的な通例である。
一分と決まっていれば周りの人もそれなりの心積もりができる。
黙禱の場合は司会の人が、
「これから一分間の黙禱を捧げます」
と言う場合が多い。
謝罪会見も、
「これから十二秒頭を下げます」
というふうに、あらかじめ予告をするという決まりをつくってはどうか。

自分で試してみるとわかるが、十秒頭を下げているとかなり長く感じられる。

頭を下げているときは無言というのが一般的である。

この謝罪会見時の頭を下げている無言のひとときというものは、下げているほうも下げられているほうもなんだかツライものがある。

双方間《ま》がもたない。

念仏のようなものを唱《とな》える、というのはどうか。

少しは間がもつのではないか。

その十秒の間、ただじっとしているのではなく、何らかの動きをする、というのはどうか。

たとえばご焼香のようなこととか。

抹香を用意しておいて、それをつまんでは額のところへ持っていき、これを三回繰り返せば少しは間がもつ。

いや、だから本物ではなく謝罪用抹香というものを開発する。

そのあと鈴《りん》をチーンと鳴らすとそれなりの雰囲気は出るような気がする。

現在行われている謝罪会見を見ていて、誰もが不満に思うのは当人たちの誠意のなさである。

いまや謝罪会見は儀式化している。

五人なら五人がいっせいに立ち上がって頭を下げ、その中の一番偉いのが、

（こんなもんかな）

という表情で頭を上げると、その様子を横目で窺っていたあとの四人が、

（そんなもんでしょ）

とお互いに目配せをし合ってお辞儀をやめる。

問題はこのあとである。

これはどの謝罪グループにも言えることだが謝罪の余韻がまるで感じられない。

ふつう、心から反省し、このようなことは二度と起こすまいと固く心に誓ったならば、どうしたってその心の余韻がしばらくの間残るはずなのだ。

いま泣いた烏がもう笑う、という俚諺《りげん》があるが、深々とお辞儀をしたあと、ケロッとして手帳なんか取り出してスケジュール表を見たりしている。

いまお辞儀した烏がもう手帳、というのが全謝罪グループに共通した行動様式となっている。

残念な人たちのこうした残念な行動は、見ている人たちも残念でならない。

やっていることの全てが欺瞞《ぎまん》だからだ。

人間の誠意というものがどこにも感じられない。

やっているほうが、

「寝てないんだ社長」(雪印乳業)
「日本の会社の危機管理の考え方を初めて喚起させた人」として知られる

「こんなもんかな」
で終わると、見ているほうも、
「そんなもんでしょ」
で良しとしている。
こうなってくると人間のナマの感情が欲しくなってくる。
ナマの感情が懐かしい。
本心を見せて欲しいと思う。
本心が見たいと思う。
起きてしまった会社の不祥事に対する責任者としての社長の本当の気持が聞きたい。
本当に「申しわけありませんでした」と思っているのか。
ここで懐かしく思えてくるのが「寝てないんだ社長」である。
改めてパソコンの動画を見てみると、詰め寄る記者団に対し、

「そんなこと言ったって、こっちだって寝てないんだよ」

とぶち切れています。

これこそ思わず出た本心、生《なま》の感情、聞くほうもこれで十分。

懐かしや「死んだはずだよお富さん」

日本の流行歌の変遷と研究

今回にかぎり本編は「オール讀物」の中の「老人欄」としたい。

新聞に「家庭欄」とか「学芸欄」とかいうのがありますね。

あれと同様の「老人欄」。

実際の話、いまの時代、新聞に「老人欄」がないのが不思議なくらい老人全盛の時代となっている。

今回は流行歌の話をしたいのです。

それも、うんと古い昔の流行歌。

うんと古い流行歌といっても、どのあたりにするか。

「赤城の子守唄」の東海林太郎あたりから話を始めようと思ったのだが、それではあまりにもあまりなので、ディック・ミネ、岡晴夫、近江俊郎、灰田勝彦あたりから、というのはどうでしょう。

え？　誰？　その人たち？　ですって？

だから最初から断わってるじゃないですか。本編は「老人欄」であると。

ディック・ミネ、灰田勝彦と言われて、

「いた！　いた！　そういう人たち！」

と嬉しそうに頷く人たちのために本編は編まれたわけですから。

国に歴史があるごとく、個人には個人史があります。

人呼んで自分史。

この「老人欄」を読んでくださっている方々は、たぶん、会社を定年退職しておられると思う。中には、このへんで人生のひと区切り、自分史を書いてみようか、などと思っている人もいると思う。

自分史のない人はいない。

資料はいくらでもある。

しかも全部自前だ。

ということで、つい書き始めてしまう。

そしてそれを立派な本にして、中には人様に送ってしまう人もいる。

昔から、人がくれた自費出版本は風呂の焚《たき》付けと言われて迷惑がられている。

どう工夫したら人様に読んでもらえるか。

歌は世につれ世は歌につれ、と申します。自分史に、自分が生きてきた時代に流行った流行歌をからませる、というのはどうでしょうか。

たとえば、

「舟木一夫の『高校三年生』が流行った年にケネディ大統領が暗殺された」

というふうにからませる、というのはどうか。

「オオッ、そうだったのか」

ということになり、

「そのとき、オレ、ちょうど初恋に悩んでたんだよな」

というようなことになってそこを読んでた人は続きを読もうという気にもなる。

「ホー！『およげ！たいやきくん』が流行った年がロッキード事件の田中前首相逮捕の年でもあったのか」

ということになり、この本取っておこう、と本棚に収められることになる。

いしだあゆみの「ブルー・ライト・ヨコハマ」が巷に流れていた年、東大安田講堂を学生が占拠した。

流行歌というものは、歌謡曲ファンであろうとなかろうと、いつのまにか体に沁《し》み込んでいるものである。

ある歌謡曲や童謡・唱歌のある部分だけ、サワリのとこだけ、出出しのとこだけ、などを含めると、一人が知っている歌謡曲は一万曲を超えると言われている。

ただ、それぞれの曲の前後、つまり、フランク永井の「有楽町で逢いましょう」と、渡辺マリの「東京ドドンパ娘」はどっちが先に流行ったか、ということになると急に曖昧になる、どころか見当もつかなくなる。

どうでしょう、老人諸君！

このへんで一度整理してみようではありませんか、自分の中の一万曲の順番と歴史を。

自分の中の流行歌の歴史を、順序を追ってまとめていくと、それが自然に自分史になっていくのです。

これは最近気がついたことなのだが、さっき出てきたディック・ミネという名前、出てきたとたん、

「いた、いた！　そういうの」

と、嬉しく、懐かしく、胸キュンとまではいかないが、そんなような気分に一瞬ひたったのではありませんか。

名前が出てきただけなのに胸が高なる、という現象は、言いにくいことだが一種の老化現象ではないのか、ということに最近気がついたのです。

ディック・ミネ……

♬おおダイナ…私の恋人ー

だったっけ。

岡晴夫……

♬ああ憧れのハワイ航路ー

だったよな、たしか。

近江俊郎……

♬伊豆の山々、月あわく～

たしか「湯の町エレジー」というタイトルだったよな。

というふうに、一人一人の名前が出るたびに嬉しく、懐かしく、胸が少し熱くなる現

象を「いた、いた胸キュン」、略して「いた!キュン」と名づけることにします。

ここから先の文章には、懐かしのメロディーと名前が続々と出てくるので、そのたびに「いた!キュン」してください。

とりあえず、ためしに一人だけ出してみます。

♬死んだはずだよ　お富さん〜

春日八郎です。

いたなー!　春日八郎、あったなー「お富さん」、と、「いた!キュン」したんじゃないですか。

もう一つだけおまけ。

♬アカシアの雨にうたれて〜

西田佐知子です。

いたなー!　西田佐知子……♬このまま〜死んでしまいたい〜、と続くんだよね。


畏れ多い話ではあるが、美空ひばりとぼくは生まれた年がいっしょなのです。つまり一九三七年生まれ。そういうわけなので、ぼくの自分史の中の流行歌史は、ひばり以前、ひばり以後という分類になる。

ひばり以前の流行歌、すなわちわが流行歌史の始まりは終戦直後、並木路子が歌った

「リンゴの唄」ということになる。

　そしてその次が笠置シヅ子の「東京ブギウギ」、これは流行歌の分類に入らないかもしれないがラジオドラマ「鐘の鳴る丘」の主題歌「とんがり帽子」が途中に入って、岡晴夫、近江俊郎、灰田勝彦につながっていく。

　その間、菅原都々子という人もいました。

　♬月がとっても青いから……の人です。

　小畑実は「長崎のザボン売り」という歌を歌っていました。

　李香蘭！　どうです、懐かしいでしょう。「蘇州夜曲」「何日君再来」「支那の夜」……曲の題名の一つ一つに「いた！キュン」だったのではないですか。

　そういえば「トンコ節」というのがあったが、時代的にこのへんではなかったか。

♬あなたのくれた帯どめの、達磨《だるま》の模様がチョイと気にかかるーという歌。たしか久保幸江という人で、歌の途中で「トンコ、トンコ」というのが何回か入る。

懐かしいでしょう、トンコ節。

よかったらここでひとつ、歌ってみてはどうですか。

おぼろ気な記憶をたどっていくと、そのあたりが三橋美智也（達者でナ）、村田英雄（王将）、三波春夫（チャンチキおけさ、東京五輪音頭）の時代になる。

このようにしてやがて美空ひばりの時代に入っていくわけだが、ここで気がつくのは、このあたりの時代までの歌手は舞台の上で動かなかった。

東海林太郎がその代表格で、歌い始めから終わりまで直立不動だった。

「気を付け！」の姿勢のまま、指一本動かさずに歌った。

「ダークダックス」という四人組の男性コーラスグループがあったが、この人たちも四人が四人とも直立不動、四人ともそれぞれカタマッテ歌っていた。

三波春夫あたりでようやく少し動くようになったような気がする。

動くといっても上半身だけで、手振りがちょっと入って下半身は不動だった。

いまの歌手たちの飛んだり跳ねたり走り回ったりというのを見ると、彼らも少しは動いたほうがよかったのではないか、という気がする。

だが、よく考えてみると、彼らは動こうにも動けなかったのだ。

当時のマイクは、台に取り付けられていたので、台から少しでも離れると音声が入らなくなってしまう。

でもやはり、いまの状況から見ると、東海林太郎などは歌を歌っているというより、立ったままお経をあげているように見える。

美空ひばり以後の日本の流行歌はどのように変遷していったのか。

島倉千代子の「東京だョおっ母さん」というのが懐かしい。順不同でいくと、五木ひろしの「よこはま・たそがれ」、藤圭子の「圭子の夢は夜ひらく」、北島三郎の「与作」（ヘイヘイホーです）、小柳ルミ子の「わたしの城下町」、舟木一夫の「高校三年生」、ザ・ピーナッツの「モスラーヤ、モスラー」という歌、キャンディーズの「年下の男の子」、沢田研二の「勝手にしやがれ」（帽子を飛ばすやつ）、テレサ・テン「時の流れに身をまかせ」……。

一曲一曲の歌手と曲名を、ゆっくり、じっくり読んでいくと、その都度「いた！キュン」していき、その「いた！キュン」の時間がけっこう長く、たとえば舟木一夫の「高校三年生」の場合は、「高校三年生」と声に出して読むと同時に頭の中をメロディーが流れ、いつのまにか歌い出しており、気がつくと、つっかえつっかえではあるが三番まで歌っており、歌い終わったときには三分かかっていた、なんてことにもなる。

そのようにして、先述の五木ひろしから始まる曲名を一つ一つ当たっていくと、午後一時ごろから始めて、ふと気がつくと夕方になっていたなどということもありうる。

ヒット曲というものは、そのどの歌にも必ず一つは詩としての秀逸な部分があるものなのだが、中には部分どころか歌詞の全部がよくないものもある。

よくない、というより、けしからんといったほうがよい曲。

あれはどのあたりの時代になるのだろうか。上村一夫という劇画家の「同棲時代」という作品があって、それがヒットしたせいかどうかわからないが、同棲ソングとでもいうべき歌が流行った時期があった。「森田公一とトップギャラン」が歌った「青春時代」という歌。

♬卒業までの半年で／答えを出すというけれど／二人が暮らした年月を／何で計ればいいのだろう

という歌なのだが、すると何か、卒業まであと半年ということは、それまでの三年六か月、二人は何をしてたというのだ、同棲だろ、けしからんじゃないか、学生だろ、ふしだらなんだよ、学生のくせに同棲というのは、と、当時ぼくも学生だったので悔しくてならなかった。

「二人で暮らした」の「暮らし」も気に入らなかった。

暮らしというのはだな、地味で地道な生活のことを言うんだよ、それなのに学生のくせに二人で暮らすなんて、いいことしやがって、と、机をドンドンたたいたものだった。

かぐや姫の「神田川」も同棲ソングである。

二人で町の銭湯に行くなど、一見卑下しているように見えるが、実はあれは自慢ソングであることをぼくは見破った。

♬小さな石鹸カタカタ鳴った

などと貧乏くさいことを言っているが、なぜその石鹸は小さくなったのか。

それは「二人で暮らした年月」の長さを誇示して自慢しているのだ。

このように、流行歌というものは、一般的には人々の憧れを歌に託したものが多いのだが、時にはその歌詞が人々の妬《ねた》みや僻《ひが》みを買うこともあるということを制作者側は知っておいてほしい。

それにしても、流行歌の世界は何と男女の愛だとか恋だとかばかりを取り上げていることか。

好きだ、とか、愛してる、とか、口づけがどうのこうの、とか、抱き合う、とか。

男女の恋愛以外、すなわち政治、経済、道徳、世界情勢、などの大きな問題を歌いあげる流行歌はなぜないのか。

そういう流行歌もあってしかるべきだとぼくは思う。

道徳関係は、わずかではあるが流行歌として取り上げてはいる。

水前寺清子の「三百六十五歩のマーチ」はまさに道徳を扱った流行歌である。

♬しあわせは歩いてこない／だから歩いてゆくんだね／一日一歩三日で三歩

人生とはそういうものだ、ということを人々はこの歌を通して知る。

村田英雄は、主として任俠の世界を通して、人としてしてはならないこと、なすべきことをせつせつと説く。

労働問題はどうか。

北島三郎の「与作」は、

♬ヘイヘイホー、ヘイヘイホー

という言葉によって、労働の苦しさ、楽しさ、大切さを人々に知らしめたのだった。

政治問題を歌謡曲にして歌いあげるのはとてもむずかしい。森友学園問題などは、その全内容を人々は熟知しているし、政治の非情、酷薄も随所に盛り込まれているし、籠池元理事長、安倍昭恵夫人の名ゼリフもたっぷりあるし、「森友エレジー」として歌いあげればかなりの娯楽作品になると思うのだが……。

ただ、この歌を誰に歌わせるか、ここがネックとなる。森進一では暗すぎるし、小林旭あたりがズンドコ節風に歌うのがぴったりのような気もするし……。
経済問題も歌謡曲にするのはむずかしい。
わが「オール讀物」の読者は団塊の世代と重なる人が多いと思う。バブルも経験しているしバブル崩壊も経験している。
舟木一夫の「高校三年生」のメロディーでこういうのはどうか。
♬赤い夕陽が社屋を染めてー
バブルで踊ったお立ち台
あーあーあーあー
リーマンショック
ぼくら離れ離れになろうとも
定年仲間はいーつーまーでーもー

■本文中引用の歌は、赤城の子守唄（佐藤惣之助詞、竹岡信幸曲）、ダイナ（LEWIS SAMUEL M詞、AKST HARRY曲、三根耕一訳詞）、憧れのハワイ航路（石本美由起詞、江口夜詩曲）、湯の町エレジー（野村俊夫詞、古賀政男曲）、お富さん（山崎正詞、渡久地政信曲）、アカシアの雨がやむとき（水木かおる詞、藤原秀行曲）、月がとっても青いから（清水みのる詞、陸奥明曲）、トンコ節（西條八十詞、古賀政男曲）、東京だョおっ母さん（野村俊夫詞、船村徹曲）、モスラの歌（本多猪四郎、田中友幸、関沢新一詞、古関裕而曲）、チャンチキおけさ（門井八郎詞、長津義司曲）、青春時代（阿久悠詞、森田公一曲）、神田川（喜多條忠詞、南こうせつ曲）、三百六十五歩のマーチ（星野哲郎詞、米山正夫曲）、与作（七澤公典詞曲）。

対談　東海林さだお×村瀬秀信（ライター、コラムニスト）

奥が深い！　我らの〝チェーン店〟道

（@「鳥貴族」西荻窪店　2時間で8346円！）

東海林・村瀬　乾杯！
東海林　「鳥貴族」、初めて来ました。
村瀬　全てのメニューが298円均一なんです。ニクヤ価格！
東海林　ビールはプレミアム・モルツですね。
村瀬　プレモルか、あとは金麦があります。飲み物も全て298円均一で、質を求める人にはプレミアム・モルツで中ジョッキ。〝第三のビール〟の金麦なら大ジョッキと、量で調整しているんですね。
東海林　全部ニーキュッパ。（メニューを広げながら）大根サラダと、鳥皮。もつ煮は無いか。居酒屋だと必ず頼むんだけど。
村瀬　このキャベツ盛りはお代わり自由なので298円で永遠にキャベツが食べられる。

現代版かぐや姫の「赤ちょうちん」の世界です。

東海林　永遠というのが嬉しいね。

村瀬　鳥貴族は、もとは株式会社イターナルサービスという会社名で、「永遠」をテーマにしているんです。鳥貴族という名前は、お客様は貴族です、という三波春夫的な意味だそうです。

東海林　神様ではなく貴族なんですね。ここは、刺身はないよね。

村瀬　ないですね。鳥ばっかりです。この鳥貴族がすごく人気になって、最近の居酒屋業界は鳥ブームです。これに似た業態の店もどんどん出てきています。

東海林　たとえば？

村瀬　ワタミグループの「三代目鳥メロ」や、「やきとりセンター」とか。「鳥二郎」は鳥貴族にそっくりだということで裁判にもなりました。今は当たる業種があったらどんどん後追いが出ますから。「磯丸水産」はご存じですか？

東海林　箱が置いてあるんだよね。

村瀬　トロ箱や生簀《いけす》、大漁旗なんかが置いてあるのを〝トロ箱系〟って言うんですが、磯丸水産が当たってこれも増えてます。

東海林　西荻窪駅の周りもチェーン店が増えました。このビルの地下は定食チェーンの「大戸屋」だし、近くに「ジョナサン」もあるし、「ミライザカ」というのもチェーン店？

村瀬　最近増えている〝隠れワタミ〟ですね。先程の鳥メロも含め名前ではわからないけど、実はワタミグループです。

東海林　そんなのもあるんだ。ところで、ここの鳥は大きいね。この串の長くていっぱい刺してあるところに、誠意を感じます。

村瀬　全ての食材が国産なんですよ。串打ちも店でやってますし。

東海林　やっぱり、貴族に出す焼き鳥だから。

村瀬　外食チェーン業界はM&Aが進んでグループ内にいろんな系列店があったりしますが、鳥貴族は単業態でやっているんです。

東海林　このおしぼり、紙だけど厚みがあって上等でしょう。ちゃんと「拭いた」って感じがする。こういうの、客に伝わるよね。

富士そばでは一言「かけ」

村瀬　東海林さんは以前、このオール讀物の連載で前人未到の「立ち食いそば屋メニュー全制覇」に挑まれましたよね。

東海林　西荻窪の「富士そば」のメニューを制覇しようとしたら、挫折して。

村瀬　途中で改装休店になって、再オープンしたら、椅子が置かれて〝座り食い〟そばになっていたという。

東海林　いま、セットのメニューもいっぱいあるでしょう。あれまで挑戦すると大変なことになっちゃう。

村瀬　富士そばもメニューが増えてますね。

東海林　富士そばのかつ丼は美味しいですよね。４９０円。

村瀬　あれは評判が高い。僕も、かつ丼を食べたくなったらまず富士そばです。

東海林　あそこは味付けが店によりますよね。

村瀬　メニューも店によって自由で、チーズクリームそばみたいな変り種のメニューを置いている店もあったり。東海林さんは、富士そばの創業者・丹（道夫）社長（２００５年当時）とも対談されていましたね。

東海林　とても面白かった。いかにもやり手って感じではなく、飄々《ひょうひょう》とした方でした。

村瀬　演歌の作詞もされてるんでしたっけ。

東海林　富士そばの店内でかかってるのがそうらしい。

村瀬　たしかに、富士そばは演歌の世界です。演歌をバックに、券売機で買った券をカウンターに置きながら一言「かけ」。男のコール＆レスポンス。

東海林　ぶっきらぼうにね。立ち食いそば屋で「かけでお願いします」とか言う人はいない。

村瀬　「～でお願いします」を略して一言「かけで」。これが美学です。

東海林　村瀬さんは『気がつけばチェーン店ばかりでメシを食べている』でいろんなチェーン店に行かれてましたが、あれだけ食べ歩くのも大変そうですね。最初から、チェーン店をやるつもりで？

村瀬　いや、僕だって、最初は情報誌でシブい個人店ばかりを好んで取材していたんです。なのに、チェーン店の連載をやってくれと言われたんです。

東海林　なんで選ばれたの？

村瀬　お前はいい店を紹介するよりチェーン店だ、と、編集者に烙印を押されたのでしょうか（笑）。最初は、冗談じゃないと思って抵抗してました。チェーン店って〝知る人ぞ知る店〟の対極にある、無粋なものというイメージがあったので。でも、実際にやってみると奥が深いし、本当に、本のタイトル通り、気がつくとチェーン店ばっかり行ってるんです。

東海林　チェーン店は落とし穴ですね。なかなか避けて通れない。

村瀬　最近は牛丼屋でも女性客が増えています。

東海林　立ち食いそば屋も、椅子を置くようになって女性客が増えました。

村瀬　大人気の「いきなり！ステーキ」も、初めは立ち食いでしたが、今は椅子を置いてるところが多いです。

東海林　みんな店の前に並んでますよね。でも、結構高いでしょう。昼飯で1000円くらいする。

村瀬　ワイルドステーキが300gで1390円。破格ですが、そこはさすがにステーキです。ステーキのファストフード化を成功させた一方、赤坂や銀座にも店があって、店舗限定でA3ランクの黒毛和牛が置いてあったりします。

東海林　「いきなり！」って、ネーミングがよかったんじゃないかな。普通は前菜をあれこれ食べてからステーキに到達するのに「そうか、いきなりか」って。

村瀬　最初に「肉切り場」に連れていかれて、グラム単位で注文します。ワイルドステーキなんてざっくり火だけ通して、あとは鉄板で各々好きなように焼いてくれ、と。

東海林　全部自分で。焼いていてすでにウェルダンなのかレアなのか、自分では分らなくなる。

村瀬　高級料理って、手順があって、かしこまってその過程を楽しむところがあると思うんですが、それを排除しちゃった。無粋といえば無粋なんですが。

東海林　一方で、安心感や親近感を与えるのかな。

一人で待つ苦しみから解放

村瀬　高級料理の店は一人だと入りづらいけど、チェーン店だと一人でも入りやすいですしね。他にも、最近は一人向けのチェーン店が増えました。

東海林　ラーメンでもありますよね。何でしたっけ、選挙のブースみたいな……。

村瀬　「一蘭」ですね。大好きです。

東海林　一回行ったけど、両側が選挙ブースみたいな壁で、正面にすだれがかかってて、そこからどんぶりがすっと出てくる。注文して食べ終わるまで、誰とも顔を合わせず、一言も発することがない。

村瀬　店舗もすごく増えて、行列ができてます。

東海林　やっぱりみんな、一人で苦しんでたんだね。

村瀬　これで心置きなく一人でラーメンを待てる。替え玉も自動でできるし、やっぱり女性客は多いですね。

東海林　待ち時間といえば、「マクドナルド」は、注文した後、ちょっと脇へ避けて待つじゃない。あれがつらいね。どうやって待ってればいいのかわからない。次の人の邪魔にならないように「すいませんね」って感じでいるんだけど。結構長いんだよね、あれ。

村瀬　以前は作り置きしていましたが、いまは作りたてを提供するので待ち時間が長いんです。昔は「モスバーガー」が作り置きをしないというのが新鮮だったんですが。待つ時のスタイルはどんな感じがいいでしょう?

東海林　まず、こう腕組みして。
村瀬　壁のメニューを眺めたりして。
東海林　うなずいたりしてね。
村瀬　東海林さんは、西荻窪に事務所を構えてどれくらいですか？
東海林　五十年くらいですね。
村瀬　その頃は、このあたりにチェーン店はなかったですか。
東海林　全然なかった。あったとしたら「養老乃瀧」だけど、他にそういう店がないし、チェーン店って言い方はしなかった。
村瀬　ああ、そういう概念もないですよね。
東海林　「他にも同じ系列の店があるようだ」と。
村瀬　チェーン店という概念が広まったのは、ファミリーレストランができてからですかね。養老乃瀧の創業自体は38年。昭和38年かと思ってたら、なんと1938年。日中戦争の頃ですよ。東海林さんは、養老乃瀧の牛丼って食べたことありますか？　80年代頃、昼に出してたという。
東海林　もっぱら牛丼でしたよ。
村瀬　やっぱり！　僕が子どもの頃、牛丼といえば養老乃瀧で、それが憧れだったんですが、やめちゃったんですよね。それが去年、一部の店舗で復活したので食べに行ったら、味は普通でした（笑）。

東海林　西荻窪には牛丼屋が三軒あるんです。最初にできたのは「松屋」で、ずっとそこへ通っていたら「吉野家」ができて、それから「すき家」もできた（すき家は現在は閉店）。

村瀬　どこが一番好きですか？

東海林　吉野家です。ちょっと他と違うんだよね。村瀬さんは？

村瀬　僕も吉野家です。吉野家の七味が大好きで、とにかくたくさんかけます。

東海林　村瀬さんの本を読んで初めて、そういう食べ方もあるのかと思いました。みんなやってる？

村瀬　僕が極端なんです（笑）。でも、人気があるようで、最近は吉野家の通販サイトで買えるようになりました。

東海林　吉野家の牛丼は味に深みがありますよね。なんだろう、ワインが入ってるせいかな。

村瀬　白ワインがベースですね。あと、やっぱりあの肉じゃないと出せない味なんでしょうね。ＢＳＥ問題でアメリカ産牛肉が調達できなくなった時、他がオーストラリア産に切り替えて牛丼を出す中、吉野家は牛丼を出しませんでした。

東海林　偉いですよね。

村瀬　今ある日本の牛丼チェーンって、すべて吉野家から始まっているんです。すき家の会長はもともと吉野家にいた方ですし、松屋の会長も吉野家に影響されて始めたんだけど、吉野家の牛丼をリスペクトするあまり、牛丼という呼び方を避けて「牛めし」と呼ぶようにしたと聞きます。以前あった「牛丼太郎」の創業者も、吉野家に関係していた方です。

〝ちょい飲み〟が流行

東海林　西荻には「日高屋」もあるんです。あそこの「野菜たっぷりタンメン」が好きで。

村瀬　あれは美味しいですね。野菜がすごくたくさん入ってて。

東海林　日高屋で〝ちょい飲み〟してる人もいますね。あそこは一人で行ってもあんまり違和感がない。それぞれ勝手に自分の世界の中にいる感じで。

村瀬　他人に全然興味をもたないというか。ほっといてくれる感じが、心地いいんですよね。深夜に行くと、飲んだくれてる人もいます。最近は立ち飲みに特化した「焼鳥日高」というのもあるんです。

東海林　「てんや」もそういう雰囲気がないですか。みんなくつろいで食べてる。

村瀬　てんやでは飲まれます？

東海林　ビールくらいなら。

村瀬　ビールと天ぷら。いいですね。

東海林　吉野家は、夕方に行くと半分はちょい飲み客ですね。冬なんか、四人くらいでサラリーマンが来るでしょう。まず、コートを脱いで掛けるんですよね。牛丼は頼まないでおつまみばっかり頼んで。

村瀬　いまは、「吉呑み」と呼んでちょい飲みを推していて、煮玉子とか牛煮込みも置いてますしね。

東海林　吉野家も目覚めたんですね。

村瀬　富士そばも、ちょい飲みを始めたんですよ。

東海林　でも立ち食いそば屋で、コロッケだけでビール飲むってことはしないでしょう？

村瀬　いま、ちょい飲み形態の「ふじ酒場」というのをやっているところがあるんです。プレミアム・モルツが280円で、二杯目以降は200円。天ぷらそばのそばなし「天ぬき」や、「かつカレーライス抜き」なんてメニューも。

東海林　知らなかったなぁ。

村瀬　そば屋だと、十割そばを謳《うた》っている「嵯峨谷」が、もりそばが290円で、プレミアム・モルツのジョッキが150円なんですよ。

東海林　十割そばを打つのは大変ですよ。
村瀬　それが、ボソボソせず、いけるんです。
東海林　ファミレスで一人飲みってやったことあります？
村瀬　最近はやりやすくなりましたね。
東海林　でも、あそこは違和感があるな。周りがファミリーだから。
村瀬　早い時間だと特に背徳感があります。未来ある子供には見せられない。
東海林　ファミレスのメニューって写真もいっぱい使っていて派手でしょう。その隅のほうに小さく、徳利の絵が描いてあって、おつまみが二品くらいあって。
村瀬　メニューの番外地に申し訳なさそうに書いてある。でも、いまは「バーミヤン」でボトルキープができたり、モスバーガーも「ケンタッキー」も一部の店舗でモスバルやバルケンタなんてのをやってます。他にも、「サイゼリヤ」だと堂々とお酒のコーナーがありますよ。
東海林　ある？　おじさんコーナーみたいな？
村瀬　ちょっとオシャレなんです。ワインとか、生ハムとフレッシュチーズとか。ムール貝やエスカルゴが３９９円。イタリアンの庶民化に貢献してます。
東海林　あ、そっち行くのね。
村瀬　一部のサイゼリヤにはワインリストが別にあって、高いのだと７０００円以上するワインもあります。

東海林　でも、「ワインリストある？」って聞くとき、誇らしい気分になるね。とはいえやっぱり日本酒がほしいな。

村瀬　それならやっぱり富士そばですね。

東海林　いつも思うんだけど、一人飲みって難しいね。ほんとに疲れる。

村瀬　どこに疲れを感じますか？

東海林　たとえば居酒屋チェーンに行くと、みんな複数で来てるでしょ。その中でポツンと飲んでると、周りからどう見られてるかばっかり気になっちゃう。「あの人、お友だちいないんだわ」って見られてるんじゃないかとか、つい思って。そうじゃないんだってことを何とか示せないかな。

村瀬　どうしたらいいんだろう（笑）。

東海林　手帳を見たりしてね。今、スマホがあるけど、スマホをやるとかえって孤独感が強くなる。

村瀬　たとえば、チェーン店じゃなくて、粋な女将がいる小料理屋みたいなところとか、大将と馴染みの店、みたいなところだとどうですか？

東海林　あれだって難しい。太田和彦さんなんかは、折りを見てご主人に話しかけなさいというけど、なかなかできるものではない。

村瀬　チェーン店で店員に親しげに話しかけたら、周りに「この人、いつもここに居るんだ」って思われる（笑）。

東海林　アイデンティティをどうするか。一人飲みというのは万人の悩みなんじゃないでしょうか。

村瀬　他人に興味を示さないのは、チェーン店のよさの一つなのかも。

東海林　ここだって、みんな壁で区切ってある。これだったらあんまり周りの視線を浴びないね。

村瀬　（ちょっと見回して）あそこのカウンターは、一人客ですね。

東海林　へぇ、カウンターも、横に仕切りがあるんだ。

村瀬　人のプライベートには立ち入らないというのが、チェーン店の流儀かもしれないですね。

吉野家は究極の終着駅

東海林　僕が一番好きなチェーン店は、日高屋です。日高屋の野菜たっぷりタンメンと、あとはちょい飲み。

村瀬　僕はやっぱり吉野家ですね。吉野家は一人メシの至高にして終着駅です。

東海林　雰囲気がいいよね。

村瀬　あのリズムも最高ですし、何もかもがいい。吉野家は昔はもっとブルージーな感じでした。中島みゆきの「狼になりたい」という歌で夜明け間際の吉野家の風景が描かれていますが、まさにあの世界。

東海林　孤独感だよね。

村瀬　寂しさを抱えている人たちがそこにいる。カウンター全員寂しいんです。

東海林　吉野家で会話を交わしてる人ってあんまりいないね。

村瀬　「ビールまだ?」くらいしか聞こえてこない。

東海林　カウンターがコの字型になってて、あっち側とこっち側が正面向きになる。で、なるべく視線が合わないようにしてるんだけど、たまに合っちゃうの。そうすると、何でしょうね、あれ。お互いに「しまった」となる。あそこでは絶対相手の目を見てはいけない。

村瀬　流儀として。目が合うとケンカに発展しますから（笑）。

東海林　飛びかかってくるから。

村瀬　でも、昔はそれぐらい緊張感がありました。もとが、築地の男飯ですからね。そばとかベジ定食とか出してる今の吉野家にはそんなものはないですが。

東海林　われわれが再び吉野家に緊張感をもたらさないと。コの字型で目が合ったらウ～ッと唸《うな》るとかね。

飢えたるローンウルフが
集う餌場が
一軒ぐらいあっても
いいじゃないか
ガフガフ
吉野家

村瀬　隣の人と紅しょうがを取り合うぐらいの感じで。

東海林　これはもう〝道〟だよね。吉野家道。精神性に、味という裏付けがある。吉野家が男の睨《にら》み合いの世界ならば、松屋は苦学生の世界というか。

村瀬　松屋は、江古田の苦学生向けの中華料理屋から始まってますからね。だから最初から味噌汁がついている。松屋のロゴは、赤い丸の中に青と黄色の丸が並んでいるんですが、あれはお盆の上の丼と味噌汁を表しているんです。

東海林　吉野家は、味噌汁は別料金ですよね。

村瀬　60円とりますね。すき家のイメージはどうですか?

東海林　ファミリー化してますね。すき家で目が合っても平気だもん。

村瀬　ボックス席もありますしね。ファミリー化して人気が爆発したというのはあるんですけれども。でも、雰囲気も含めて、やっぱり吉野家に惹かれるなぁ。

東海林　そう、王者。王者の自覚もあるよね。他のジャンルだと意外に、これが王者ってのが無いんだよ。

村瀬　たとえば、立ち食いそばって難しいですよね。自分が育った沿線にあるそば屋がソウルフードになるので。

東海林　それはあるね。

村瀬　東京の人は富士そばに対してものすごい思い入れがあるけど、僕はやっぱり、生まれ育った茅ケ崎にあった「大船軒」のほうが思い入れが強い。小田急沿線だと「箱根そば」とか、西武線育ちは「秩父そば」。ラーメンなら「福しん」とか。〝そば民族説〟はあると思う。

東海林　チェーン店道って、奥が深いんだよね。

村瀬　深いです。昔はファミリーレストランの「すかいらーく」や「ロイヤルホスト」って、高級なイメージがあって憧れでした。でも、個人で頑張ってる店がチェーン店にどんどん淘汰されていって、チェーン店が悪者のような感じはあります。

東海林　村瀬さんは、それをどうやって擁護していくんですか？

村瀬　擁護しようがないです。でも、避けずには生きていけない。

東海林　昔はどの町にでも家族経営の食堂があったけど、いつの間にかそれがチェーン店化している。チェーン店は経済効率がいいということなのかな。

村瀬　それは大きいですね。

東海林　一般の人たちの味への無頓着もありますよね。美味しいものに対する執着がなくなってきていて、そこにチェーン店の付け入る隙がある。

村瀬　僕のような物書きが付け入る隙もです（笑）。今、いろんな娯楽が多様化して、同世代の間でも共通言語となるものが少なくなってきていると思うんです。そんな中で、チェーン店がひとつのアイコンになっているのかもしれません。

東海林　映画でいうと、チェーン店は大衆娯楽作ならぬ大衆娯楽食。

村瀬　マックがハリウッド作品で、吉野家が「仁義なき戦い」、富士そばが「男はつらいよ」で、日高屋がジャッキー・チェン映画、みたいな感じでしょうか。

東海林　そういえば、昔は大衆食堂っていっぱいあったよね。のれんに堂々と「大衆」って書いてあった。あれに〝大衆〟って言葉をつけた人は偉いよね。

村瀬　今や、貴族を名乗っている（笑）。

東海林　現代の大衆食堂がチェーン店。いろんな形に分かれてるけど、もとは大衆食堂という形だったんですね。

村瀬　全国展開の大衆食堂が、チェーン店なんですね。

風景に油断してはいけない

ただぼんやり眺めていませんか？

風景とは何か。
なんてこと、考えたことありませんよね。
ふつう、考えない。
でもわれわれの日常は風景に囲まれている。
風景に囲まれて暮らしている。
一歩外に出てごらんなさい。
あたり一面風景だらけ。
よそんちの塀、垣根、庭、庭には草花、電信柱、ポスト、バス停、高いマンションも
見えるぞ、道路を猫が横切っていくぞ、忙しいぞ。
つまり、目に見えるものはすべて風景です。

だが風景は、風景として見ようとしたとき
だけ目の前に現れる。
風景を欲しいと思ったときだけ、ヌッと出
現する。
ふだん、われわれは風景を欲しがらない。
風景どころじゃないんですね、われわれの
暮らしは。
たとえば朝の満員電車。
車窓には風景がいっぱい。
次から次へと風景の満艦飾。
レストランに例えればテーブルの上におい
しそうな御馳走が所せましと並んでいる。
だけどみんな御馳走どころじゃない。
毎日毎日そういう日常なのに、猛然と景色
が欲しくなる日がやってくる不思議。
朝から晩まで景色、景色。景色漬けの日が
やってくる。

旅行に行ったときです。

四人で温泉旅行に行ったとしましょう。

旅館に到着する。

仲居さんに案内されて廊下を通って自分たちが泊まる部屋の前に来る。

「桐の間」ということにします。

仲居さんが先に入って窓のカーテンを左右にサーッと開ける。

とたんに四人は窓のところに殺到する。

四人の目の色が変わっている。

景色はどうなのか。

いい景色なのか、よくない景色なのか。

このときの四人の頭の中には景色のことしかない。

よくない景色だったら許さんけんね、あんた(仲居さん)の首しめるけんね。

四人いっせいに窓から首を突き出す。

広々とした駐車場に観光バスやら自家用車やらが数十台、ただそれだけ、だったら仲居さんの身の上が心配になるが、幸いにして、窓の下には小川のせせらぎ、その横に湯気に包まれた露天風呂、秋だったら紅葉、春だったら満開の桜、ということであれば、桐の間一泊(1万3200円)はまあまあか、ということになって、それまでタテだっ

たみんなの眉間のシワが急に水平になる。

旅館の部屋代は、そこから見える風景の善し悪しに比例している。

ここでわれわれは風景には値段があることを知る。

風景画に値段があるように、ナマの風景にもちゃんと値段がある。

ふだんはタダで見放題、時間も無制限の風景なのだが、陰では金のやりとりがあって、こうしてちゃんと金を取られているのだ。

日光の華厳の滝では白昼堂々金を取られる。駐車場代、エレベーター料金もはっきり決まっている。

サンマなら今年はちょっと海が荒れてて不漁なので一匹２００円です、ということになるが、華厳の滝は海が荒れていようがいまいがエレベーター往復５５０円です、ということになる。

ナイアガラの滝だと、何時間も飛行機に乗って大金を払ってでも見に行く。銀座の女は金がかかると言われているが風景も金がかかるのだ。

そうやって、いよいよ風景と対面することになる。

目の前の風景を眺めることになる。

ここで初めて気がつくのだが、われわれは「正しい風景の見方」を知らない。

風景の見方については指南書がない。

サンマだったら、塩焼きにして大根おろしを添え、そこにお醬油をチョビっとかけていっしょに食べるとおいしいですよ、と教えてくれる人がいるが、風景に関してはそういう人がいない。

名所旧跡であれば、歴史、故事などからたどってここがポイントです、という見方もあるが、そういうのではなく、目の前にただぼんやりと広がっているだけの名もない山の山頂からの風景。

そもそも風景とは何か。

風景を眺める、とはどういう行為なのか。

「それなりに遠くにある。しかもそれ自体としては必ずしも不愉快にならない何ものかに対し、視野の多くの部分を占有させるような仕方で視線を向ける行動」

と説明した人がいる。

「必ずしも不愉快にならない何ものか」

というあたりが風景というものの重要なポイントになるような気がする。

見て不愉快になるようなものは誰も見ようとしないから風景として成立しない。

かといって、見るとたちまち愉快になる、というものでもない。

山の峠であたりの風景を見ながら大笑いしている人をこれまで見たことがない。

逆に、風景を見て、

「けしからん」

と怒っている人も見たことがない。

風景とはそういうものである。

この素晴らしい解説をした人は清水真木という人で著書『新・風景論』（筑摩書房）の中でそう述べている。

ちなみに『新・風景論』には「哲学的考察」という副題がついている。

そうだったのだ、この副題を見て目からウロコが落ちた。

これまで風景を、たかが風景、とナメていたが、風景はそういう身分だったのだ。

風景を哲学するとどういうことになるのか。

こういうことになります。

この本を発見したのを機に風景の周辺をいろいろあたってみると、風景は学問になっていることがわかった。

風景学を標題とする本もたくさん出ていることもわかった。

『風景学入門』『風景学―風景と景観をめぐる歴史と現在』『日本の風景・西欧の景観』『やさしい風景学』……。

風景は建築学、地理学、認知科学、土木工学、環境倫理学などの立場からも論じられていることがわかった。

だが風景に対するぼくの立場、すなわち、「風景に対する個人的事情」について書かれた本は見当らなかった。

「風景に対する個人的事情」とはこういうことです。

たとえば京都の龍安寺。

あそこの石庭は何分間見つめていればいいのか。

五分ぐらいか、三十分か、一時間か、五時間か。

もうひとつ。

スカイツリーの展望台は何周すればいいのか、二周か、三周か、五周か、十周か。

龍安寺に行ったとき、どのようにしてふんぎりをつければいいのか、悩みに悩んだ。

龍安寺に行ってそのことで悩まなかった人は一人もいないわけだし、

「龍安寺に於けるふんぎりのつけ方」

という本があったらどんなに助かることか。

「わたしはこうしてふんぎりをつけました」

という投稿をまとめて一冊の本にする、というのでも助かる。

あそこの石庭の廊下にすわりこむと一分も経たないうちに、そのことだけで頭の中がいっぱいになる。

そうなるともはや石庭どころではない。

もう三分我慢しようか、いや二分、いや一分と、観賞しに来たのか我慢をしに来たのかわからなくなってくる。

廊下にすわって目の前の石庭をひとわたり見る。

ひとわたり見ればだいたいの様子はわかる。

視線をはずして天井を見上げ、もう一度目の前を見ると、さっきと寸分も変わらない風景がそこにある。何回、何十回見ても同じ。

石庭のはじっこのところに池があって、その池に鯉でも泳いでいてくれれば、麩《ふ》を持参して行って投げてやったりして多少は気がまぎれると思うのだが。

幸いなことに、風景はお持ち帰りができる。

昔は風景のお持ち帰りは、スケッチなどして風景画として持ち帰ったが、今はスマホで撮って持ち帰る。

龍安寺ではスマホは禁止なのかどうか、そのあたりのことはわからないが絵ハガキを売っている。

スカイツリーの場合は「何分」ではなく「何周」で悩む。

エレベーターで登って行って最上階の展望台のところに到着する。

エレベーターのドアが開くと、みんないっせいに窓側に駆け寄りながら異口同音に、

「ワー、高い！」

と言う。

わざわざ高い所を目指してやってきたのだから高いのは当然なのに、全員必ず「ワー、高い！」と言う。

言わない人はいない。

とりあえず一周。ゆっくりゆっくり一周。

眼下の景色はすべて米粒。

米粒なので景色の詳しい様子はわからない。わからないが大体の様子はわかる。

そうやって一周したあと誰もが必ずもう一周する。二周しない人はいない。

二回目の一周はどういう意図があるかというと、念のため、とか、見落としがあるかもしれないし、ということだと思う。

見落としと言ったって、豆粒であるから見落とす部分があるのは当然なのだが、誰もが見落としを恐れる。

二周半、というのが標準回数らしい。

もちろん三周、五周と回って、まだ迷ってる人もいる。

風景というものはもともと曖昧なものである。

ただ漠然と目の前に広がっている景色であり、それに「視野の多くの部分を占有させるような仕方で視線を向け」ていればよい。

向こう（風景）だって特に意図があるわけではない。

他意もないし、方針もない。

自分らはずっと前からあった状態のまま、自然そのままの形で、何の考えもなく、ただこうしてここに寝そべっているだけです、というのが彼らの本音だと思う。

しかも彼らは「必ずしも不愉快にならない何ものか」であるので、ついこっちは気が弛んで安心してしまう。

政治とか経済とか天候とか大気汚染などということになると、こっちはすぐに緊張するが、こと風景となると、ナーンダ風景か、とつい油断する。

この油断がいけない。

造園というものがあります。

英国式造園に至っては、風景の隅々まで作意に満ち満ちている。

幾何学的整形を試み、物語性を取り入れたりする造園もある。

他意もあれば方針もある。

こうなってくると、何の考えもなく、ただぼんやりと眺めていればいい、というわけにはいかなくなる。

いちいち、その意図や作意や物語を読み取らなければならなくなる。

急に忙しいことになった。

「そこいくと日本の庭園はのんびりしていていいよなー、何しろおっとりしているし、多少の意図はあるかもしれないが、なるべく自然を壊さないという基本方針があるからなー、少くとも虚構はないんだよなー」

と自画自讃する人は多い。

そういう人はとりあえず次の文章を読んでみてください。

「わたり六分に景四分」

ということを言った人がいます。

千利休という人で、ということは茶道について述べているということになります。

「わたり」は「渡り」で、茶庭の飛び石の使い勝手のことをそういうらしいです。

つまり飛び石の置き方。

飛び石と飛び石の間の間隔はどのくらいが

いいのか。

われわれはこれに似たことをときどき川原で経験する。橋がなくて、飛び石伝いに川を横断しようとすると、その都度、次に飛び移るべき石を探し、そこまでの距離を計算してから飛び移り、そこでまた次の石を探す、ということをくり返す。

茶庭の飛び石は、石と石の間の間隔を計算し尽して置いていく。どのくらいの間隔が適正なのか。

このことに千利休は答えを出したのです。

「わたり六分に景四分」が適正であると。

茶道にクライぼくにはわからないことなのだが、茶庭の飛び石は、川を渡るようにぴょんぴょんと渡るものではないらしい。ときには飛び石の上で立ちどまり、あたりの苔の様子を眺めたりしながら渡って行くものらしい。

そのときの「様子を眺める」のが景で、わたりは渡る運動のことを言っていて、つまり渡りやすさ。

茶庭の置き石の間隔は、渡りやすさは六分ぐらいにしておいて、景を眺める余裕のための配慮を四分ぐらいの配分で考えるのがよい、と言っているのだ。

富士山に肖像権と著作権を与えたら…
オレいっぱい印税取られるな
横山大観→

そしてこのことが、庭全体の風景としても美しく見えるのである、と言っている（らしい）。

われわれ凡人は、その美に気づかなければならない。

そこまで考えに考えぬいて作られた風景としてそれを観賞しなければならない。

風景は、ただ漠然と目の前に広がっているだけのものではない、ということがこれでわかった。

風景本人が言っているように、

「自分らはずっと前からあった状態のまま、自然そのままの形で、何の考えもなく寝そべっているだけ」

のものでもないこともわかった。

風景といえども油断は大敵である。

これがこの一文の結論です。

ヘビは長過ぎる？

「○○過ぎる△△」をせせこましく追求する

「ヘビは長過ぎる」

と言った人がいる。

言われてぼくも、

「言われてみれば確かに長過ぎるな」

と思った。

それまでうすうす長過ぎるような気がしていたのだが、ぼくに限らず、人間、人に指摘されるまで気がつかないことっていっぱいあるんだな、と改めて気がついた。

「過ぎる」という言い方は「必要以上に」という意味が含まれているわけで、じゃあ、ヘビの長さはどのぐらいが適正か、という話になっていかざるをえない。

現行の半分でもいいのか。

ぼくの見方では、長過ぎると感じるぐらいだから、半分でも十分やっていけるように思えるのだが、ヘビ側からすれば、

「いえ半分じゃやっていけません」

ということになると思う。

「もっと長くしたいとさえ思っている」

という意外な返答になる場合だって考えられる。

「ヘビは長過ぎる」と言い切った人は誰あろう、というほどの人でもないかもしれないが、フランスの文学者ジュール・ルナールという人である。

かの有名な小説『にんじん』を書いた人だ。

誰あろう、でよかったんじゃないの、という人がここで出てくるのか出てこないのか。

という問題はあとまわしにして、どうなんだろ、実際の話、ヘビは長過ぎるのか、更にもっと長くすべきなのか。

ダーウィン氏に言わせれば、ヘビには長いのや短いのがいたが、結局自然淘汰によって残ったのが現行の長さの連中なのであの長さが適正である、ということになってしまう。

サルトル氏に言わせれば、現行のあの長さは実存そのものであるので、本質としての長さはすでに実存に先立たれてしまっているわけで、今さら論じてもどうにもならない

ではないか、ということになる。

実を言うと本稿の目的はヘビの長さを論じることではない。

もっと大切なことを論じようとしているのだ。

「ヘビは長過ぎる？」の「過ぎる」の部分を考察していきたいと思っているところの者なのである。

過猶不及《かゆうふきゅう》。

過ぎたるは猶及ばざるが如し。

日常の生活において、われわれはとかく「……過ぎる」ことが多過ぎる。

酒を飲み過ぎる。

体重が多過ぎる。

態度がでか過ぎる。

ウソを平気でつき過ぎる。

ウエ（上役）ばかり見過ぎる。

鼻の穴が大き過ぎる。

老後のことばかり考え過ぎる。

まだまだいくらでもあるが、いずれも程度を越えているという意味のものを並べてみた。

やってはいけないことばかりである。

良くないことは良くないに決まってる。

ただ、鼻の穴に関しては当人がやっているわけではないので情状酌量の余地はあるのだが、良くないという意味においては同罪である。

と……。

ここまでは、過猶不及の論理で話をすすめてきたのだが、次のような例はどういうことになるのか。

美人過ぎる女医。

週刊誌のグラビア特集でときどき見かけるあれです。

美人過ぎる看護師。

美人過ぎるアナウンサー。

美人過ぎるパティシエ。

この場合は「過ぎる」が良い事として扱わ

れている。

人は時代と共に生きていかざるをえない。

孔子はどういう言葉によって「美人過ぎるパティシエ」を過猶不及の方向にもっていくことになるのか。

ただこの場合は逃げ道がないわけではない。

美人過ぎる市議。

美人過ぎるプロレスラー。

美人過ぎる登山家。

……あたりになると、「その職業としては」という注釈が必要になることになり、このあたりが何とか逃げ道になると思う（なっただろうか）。

「過ぎる」と言えば「狭過ぎる」というのがある。

日本は狭いので住宅事情に限らず狭過ぎることはいくらでもある。

見渡す限り狭いので誰もが見渡す限り広々とした場所に憧れる。

公園にしろ運動場にしろ、広々としたところで思いっきり駆けまわりたい、飛び跳ねたいと思っている。

伸び伸びという言葉がありますね。

哀れじゃありませんか伸び伸びなんて。

泣き過ぎる
兵庫県議
ただし
涙は一滴も
出てこない
ひ
いまだに
名をとどめている
ところがエライ！

広いところに行って伸び伸びしたい、というような使い方をする。

この場合の伸びというのは、思いきり手足を伸ばして身体や頭をすっきりさせることを言うわけなのだが、手足ぐらい誰だって思う存分伸ばしたいじゃないですか。

伸び伸びしたい、という欲求は、ふだんそれが満たされてないからこそそういう言葉になって出てくるわけです。

狭いところにはウンザリしてるわけです日本人は。

それなのに卓球です。

狭いじゃないですか、あの運動場は。

運動場というか、競技の場所というか、タマが飛び交う場所はあれは卓上……ですか。

卓球台の長さ2・74m、幅1・525m。

畳二畳ぐらいの面積のところを二人で取り

囲んで小さなタマを打ち合う。ただ打ち合うじゃなくてハゲシク打ち合う。あれじゃボールが台上から離れて遠くへ飛んで行ってしまって当然じゃないですか。それなのにどんなにハゲシク打ち合ってもきちんと台上に収まる。ムリがあるんですね、あの競技には。いろんなムリを重ねているからいろんなところにそのムリが出る。見ていて目まぐるしくて、せわしなくて、あわただしくて目がついていけない。こっちの目はついていけないが、選手の目はちゃんとついていっていて、目にも止まらぬ早技でいろんなことをしていて、こっちはわけがわからないままバシバシという音を聞き、選手が忙しく動いているな、とだけ思っていると、やがて片っぽうの選手が喚声を挙げ、もう片っぽうがうなだれているので、喚声のほうが勝ったのだな、ということがわかる。

シングルの試合でさえ目がついていけないのに、これがダブルスとなるともういけない。

畳二畳を四人が取り囲んでいて、その四人のうちの一人だけがタマを打つわけなのだが、それが入れ替わり立ち替わりするので、もう何がどうなっているのか、誰が打ったのか、誰が引っ込んだのか、誰が喜んでいるのか誰が悔しがっているのか、見ているう

ちにもうどうだっていいや、という気になってくる。

卓球は見ているほうとやってるほうの間に大きな乖離《かいり》がある。

見ているほうには、選手があわてふためいている、取り乱している、動転している、というふうに見えるのだが、選手のほうはあくまで冷静、沈着、着実に、一つ一つ対処していて、ただその動きがあまりにも素早いのであわてている、取り乱している、というふうに見えてしまうのだ。

この乖離は大きい。

他のスポーツと比べてみるとかなり大きい。

安心して見ている、という時間がない。

やたらにハラハラする。

ずうっとハラハラしていて、ハラハラし終わったとたんまたハラハラしているうちにどっちかが勝ってどっちかが負けたことを結果で知るのではなくその場の選手の様子で知る。

打開策はあるのか。

あります。

実に簡単なことです。

卓球台を広くする。

ほんの少しでいいのです、たった15センチ。

両幅をたった15センチだけ広くする、もうこれだけでこの競技のイメージはガラリと変わります。

これまで飛び過ぎてアウトだったタマが全部この範囲に収まってセーフになる。

たった15センチだけどこの違いは大きい。

選手と観客のはりつめた緊張感が現在の半分になる。

それでもこういう疑問は残る。

狭い国で育った日本人が狭い場所で争う競技に強い、というのはよくわかるが、あの広大無辺の大陸で育った中国人が卓球に強いのはどういうわけか。

わざとせせこましい面積を設定してせせこましいルールをつくりせせこましく争う。

強い、ということは中国人はそういう競技が好きだから、ということになる。

なぜか。

ぼくもその理由をいろいろ考えたのだが、結局あれじゃないですか、ホラ、神は細部に宿る、というじゃないですか、それですよ。そのあたり。

というように、「ヘビは長過ぎる」から始まって「過ぎる」についてここまでしつこく、せせこましく追求してきた。

まだありました。

「冷静過ぎる国会証人」というのがあった。

「森友国会」とか「加計国会」とか言われた今回の一連の学園シリーズ。

映画の学園シリーズだと舟木一夫、松原智恵子ということになるが、国会のほうだと佐川宣寿氏と柳瀬唯夫氏のご両人ということになる。

国会招致された証人、参考人ということになるとまっ先に思い出されるのが日商岩井の副社長だった海部八郎氏である。

日米・戦闘機売買に関する汚職事件（ダグラス・グラマン事件）があって（1979年）、事件の中心人物として国会に証人喚問された海部氏は、証人としての宣誓書にサインを求められたのだが、緊張のあまり手が震えて震えて字が書けなかった。

ぼくはいまだにあのシーンをはっきり覚えている。

二度、三度、四度と震えに震える万年筆は、ぼくばかりでなく全国民の頭に焼きついた。

嘘をついてはいけない、という良心の呵責《かしやく》が海部氏の手を震わせたのだ。

これから嘘をつこうとしている自分を、自分の良心が責めたてたのだ。

海部氏に限らず、こういう大舞台でこういうことになったら、誰だって手が震えると思う。

ぼくだったら、多分その場で大声をあげてワンワン泣き出すと思う（そういえば、会見で泣き過ぎる議員というのもあった）。

海部八郎氏と佐川、柳瀬両人を比較してみましょう。

海部氏と比べるとご両人の、何とまあ冷静であることか。

冷静過ぎる態度であることか。

あの冷静、どう見たって普通じゃないですよ。

異常といってもいいと思いますよ。

人間、なかなかああいうふうに、冷静に、沈着に、まっすぐに相手の目を見ながら嘘をつけるものではありません。

佐川証人に至っては、あの一点の曇りもない目で、あのツブラな瞳で、うろたえることなく、たじろぐことなく、まさに正々堂々、正々堂々とはこういうことをいうんだな、と人に思わせるほどの立派な態度だった。

いまどきの
役人に比べ
たら
海部さん
の何と
純情だった
ことか！
プルプル
ピクピク
プルプル
プルプル
ピクピクピク

ぼくとしては、あそこのところで多少の動揺が欲しかった。

心の揺らぎが欲しかった。

ぼくはこれまで破廉恥と知性は縁の遠いものだと思っていたのだが、今回このような光景を二人揃ってしかも同時に見せつけられると、いや、かえって二者は近縁関係だったのだ、と考えざるをえなくなった。

もう一つ思ったのは、

「人間は澄んだ瞳で嘘をつくことができる」

ということである。

この事実は、これから先の演技論にも大きな影響を与えることになる。

これまでの演技論は、

「人間は嘘をつくとき、どう隠しても体のどこかに動揺やためらいが出てくるはずなので、そこのところをどう上手に、どう巧みに演ずるか」

ということだったと思うが、この理論もまた佐川、柳瀬両氏によって覆《くつがえ》されたことになる。

そういう意味では、両氏は日本の、いや世界の演技論に新しいテーゼを投げかけた偉人として後世に名を残すことになるかもしれない。

仲代達矢氏の無名塾でもぜひ取り上げて、侃々諤々の論争を三日でも四日でもやってほしい。

もしぼくが役者で佐川氏の役を演じろと言われたらどう演技すればいいのか。

佐川氏のあのツブラな瞳はどうやったらああなるのか。

むずかしい、と言ったって、佐川氏はその役を名演技で演じきったわけだから、しかも素人で。

ぼくがあの国会の学園シリーズを見ながら思ったことがもう一つある。

それは確信犯の強さ、ということである。

確信犯はどんな攻勢にも崩れない。

佐川、柳瀬両氏の胸の中にあるのは忠誠心である。

上の者に対する忠誠の心。

自分にどんな難局がふりかかってきても、何としても上の者を守ろうとする心。

あの声で
トカゲ食らうか
ホトトギス
あの顔で
大嘘をつくか
佐川さん

武士道とか、高倉健が演じたあっちの世界の人たちの義理と人情の世界に結びつけようと思えば結びつけられないこともない心。

古めかしい心とも言えるし下心という言い方もできる。

そういう心でいけば、たかが国会議事堂におけるあんな証言、屁とも思わないのかもしれない。

国会における証言の攻防は、警察の取り調べに似ている。

確信犯をどうやって白状させるか。

なまはんかの取り調べでは絶対に白状しません、なにしろ昔気質《かたぎ》の確信犯ですから。

ですから、むしろ親子の情に訴えればよかったのです。

つまりあの議場であの曲を流せばよかったのだ。

♬かあさんが　夜なべをして　手袋あんでくれた

この曲を流したあと、かつ丼を食べさせればよかったのです。

歌詞引用「かあさんの歌」（作詞・作曲　窪田聡）

ざんねんな食べ物事典

天かすの悲劇、トコロテンの哀愁

人生に残念は付きものである。

残念のない人生はない。

こういうことってありませんか。

その人を見たとたん、

「あっ残念だな、この人」

と思ってしまう人。

ちょっと説明がしにくいが、落魄《らくはく》感とか挫折感とか、そういうことではなく、いや、そういう部分も少しはあることはあるのだが、世間が自分の生き方を誤解してる感というのかな、そこのところが残念、と思ってる人。

その残念感がそこはかとなく漂っている人。

食べ物にもそういう残念感が漂っているものがいくつかある。

食べ物の残念もの。

トウモロコシなんかその代表だと思う。

誤解してもらっては困るが、トウモロコシ自体には残念感はない。

トウモロコシは夏の太陽をいっぱい浴びて元気ハツラツ、一粒一粒光り輝いて健康そのもの、残念の影などどこにも見当らない。

トウモロコシが憂うのは自分に対する誤解と偏見である。

トウモロコシの皮を剝いてみましょう。

突如現れるあの整然。

一糸乱れぬその整列、一列として曲がることを許さない鉄の規律、上のほうから下のほうにいくにしたがって粒がだんだん小さくなっていく長幼の序をわきまえた美風。こんなに秩序というものを重視した野菜はほかにあるだろうか。

ナスを見てみよう。

その表面に何ひとつ粒をつけていないではないか。

大根しかり、ピーマンしかり、ゴーヤしかり……。軍隊のあの一糸乱れぬ整列、行進はどうやって成しえたのか。

たゆまぬ努力と訓練の結果である。

ムフッムフッ
ムフムフムフッ
胸元
このおとーさんは
何を
このトウモロコシに
期待しているのでしょうか？

トウモロコシの残念はここのところにある。たゆまぬ努力と訓練を誰一人として評価しない。

トウモロコシだから当然、としてよく見もしないでいきなり齧《かじ》りついたりしている。

実を言うと、トウモロコシの残念はもっともっと深いところにある。

この輝く健康美をあっちのほうに持っていこうとする人間たちの思惑である。

トウモロコシを食べるにはまず皮を剝く。

誰もが知っていることだが、このときキュッキュッという音がする。

このキュッキュッが悲劇の始まりであることを、このときのトウモロコシはまだ知らない。

この音は何かの音に似ていないか。

そのとおり、帯を解くときもキュッキュッ

という音がする。

このあたりからトウモロコシの本意と人間の思惑が食いちがってくる。

帯とくれば、解く、である。

解いたあとどうするか。

和服の胸元に手をかける。手をかけて押しひろげる。

トウモロコシもまた同様の手付きになる。

トウモロコシの運の悪さはここにもあった。

トウモロコシの胸元のところに手をかける。そのあと押しひろげる。胸元をはだける、という言い方も間違いではない。

このへんからトウモロコシを剝いている人（主として男性）の頭の中に、暴れん坊将軍、水戸黄門など時代劇のテーマソングが流れ始める。

悪代官、腰元なども登場し始める。

「あーれー！」

などという声も聞こえてくる。

「ご無体な」

などの普段使わない言葉も聞こえてくる。

トウモロコシ側から見たらとんでもない話である。

田舎の畑育ち、素朴、実直、まじめ一筋のトウモロコシにとって、想像もできなかった世界に登場させられているのだ。

トウモロコシの残念、ここに極まる。

スルメもまた残念の極みの食べ物である。

残念感横溢《おういつ》、全身残念のカタマリ。

何が残念かって、ペッタンコのあの姿。

スルメの元の姿（イカです）を考えてみてください。

丸く筒状、プックリふくらんでスイー、スイーと海の中を自由に泳いでいたわけです。

イカの姿煮というものがありますね。

丸くプックリ煮上げられて、箸で押さえればやんわりとたわむ。

丸くプックリ煮上げられているからこそイカにもおいしそうに見える。

全国駅弁大会で毎年売り上げ第一位のイカめし。

あれだって丸くプックリしているからこそみんなに愛されているのだ。

その丸くてプックリ生き、丸くてプックリ料理されているイカを何もあそこまでペタンコにしなくてもいいのではないか。

生き物を、ああまでペッタンコにしていいものなのか。仮にも生き物だぞ。

人道上という言葉があるが、イカ道上許されるのか。

ぼくは一度スルメの厚さを計ってみたことがあるがその厚さ5ミリ。元生きていたものを5ミリまでペタンコにするのは命に対する冒瀆《ぼうとく》ではないのか。

イギリスの動物愛護団体あたりが、この5ミリに目をつけ(今のところ目をつけていないようだが)、「スルメ反対運動」として騒ぎ始めることだって考えられないことはないあの5ミリ。

スルメに限らず干物界は全体的に悲惨である。

ぼくは魚の干物が好きで『干物のある風景』(新野大著・東方出版)という本を持っているのだが、この写真集には鰺《あじ》やカマスなどの開きといっしょに目刺しもいっぱい載っている。

これを見ると、やっぱり悲惨だナ、と思う。

目を刺されたうえに、ぶら下げられているというところが残酷である。

横たわっていればいくらか救いがあるのだが、ぶら下げられているというところが残念でならない。

揚げ玉。

揚げ玉もまた残念のカタマリである。

「残念の女王」と言っても過言ではないぐらいの存在である。

王でもいいのだが女王のほうが悲劇性が高いような気がするので女王でいく。

揚げ玉はその生い立ちからすでに残念が始まっている。

揚げ玉の生い立ちを追ってみよう。

揚げ玉は天かすとも呼ばれるように、本《もと》を正せば天ぷらのコロモである。

海老の天ぷらで考えてみましょう。

天ぷら屋のおやじは、まず一匹の海老を溶いたコロモの液にひたす。

そうすると海老にコロモがまとわりつく。

それを熱した油の中に投入する。

この段階では、まとわりついていたものはすべて海老のコロモである。

天ぷら屋で天ぷらを揚げるところを見てい

る人は、このとき海老からたくさんのコロモが、ジュッという音とともに散っていくことを知っている。

散った瞬間、それまでの天ぷらのコロモという名前の変更を余儀なくされる。

天ぷらのコロモという身分から天かすという身分になる。

まさに一瞬の差なのだ。

たとえば天ぷらの名店と言われる店では、器の上にきちんと折った白い紙の上に恭《うやうや》しく海老と同等の資格で載せられるのに対し、散ったほうは一瞬の差で天かすという身分になる。

「あのとき何とかしがみついていれば」

と、天かすは残念でならない。

街の天ぷら屋の店頭の片隅に一袋30円で売られながら、天かすは何べんも何べんもあの一瞬を思い出す。

片や高価な海老と同格、片や30円。

天かすは天滓と書く。

滓という字を広辞苑で引いてみる。

【よい所を取り去ってあとに残った不用物。また、劣等なもの。つまらないもの。屑。】

広辞苑の容赦のないこの冷酷を世間は許していいのか。世間はもう少し天滓を温かい

目で見ているぞ。

いつか物議を醸《かも》し、やがて炎上ということになるかもしれないが、そうなってもしらないぞ。

トコロテンも残念ものである。

名前からして残念じゃないですか。

トコロというから所だナと思い、所といえば「昔々ある所に」の所だナと思い、長い物語が始まるのだナと思っていると「テン」とだけ言って黙り込んでしまう。

拍子抜けするところが残念である。

トコロテンは見ていて痛々しい。

そう思ったことありませんか。

何かこう、みんなでウジャウジャと自信なく寄り集まっていて、集合しようとしているのか離れればなれになりたいのか、その基本姿勢さえ明確でなく、見ていて覇気がないところがぼくとしては残念でならない。

食べ物に覇気？　と思う人もいるかもしれないが、トンカツなんか覇気を感じるじゃないですか。

いかにもカリッと揚がって狐色でツブツブ感のあるコロモ、湯気、匂い、カロリー感、威圧感、堂々感、トンカツのやる気がヒシヒシと感じられる。

一転してトコロテンを見てみれば、こちらはどう見ても意気消沈、みんな黙りこくって暗くツユの底に澱《よど》んでいる。

くねり、捩《よじ》れ、捩《ねじ》れ、縺《もつ》れ、絡《から》みあい、むずかしい読み方の字ばかりで沈んでいる。みんな衆にまみれているだけで自己を主張しようとするものが一人もいないところが哀れである。

トコロテンは今はこんな身なりをしているが、本を正せば龍宮城育ちなのである。

トコロテンは昆布やワカメと同種の天草《てんぐさ》という海草から作られる。

浦島太郎が亀の背中に乗せられて行った龍宮城を絵に描くとき、当然のようにその周辺に昆布やワカメや天草などが描き添えられる。

天草は夢の世界出身なのだ。

それなのに何の因果か、あれよあれよというまに煮られ、固められ、寒天にされ、ゼリー状の長方形にされる。

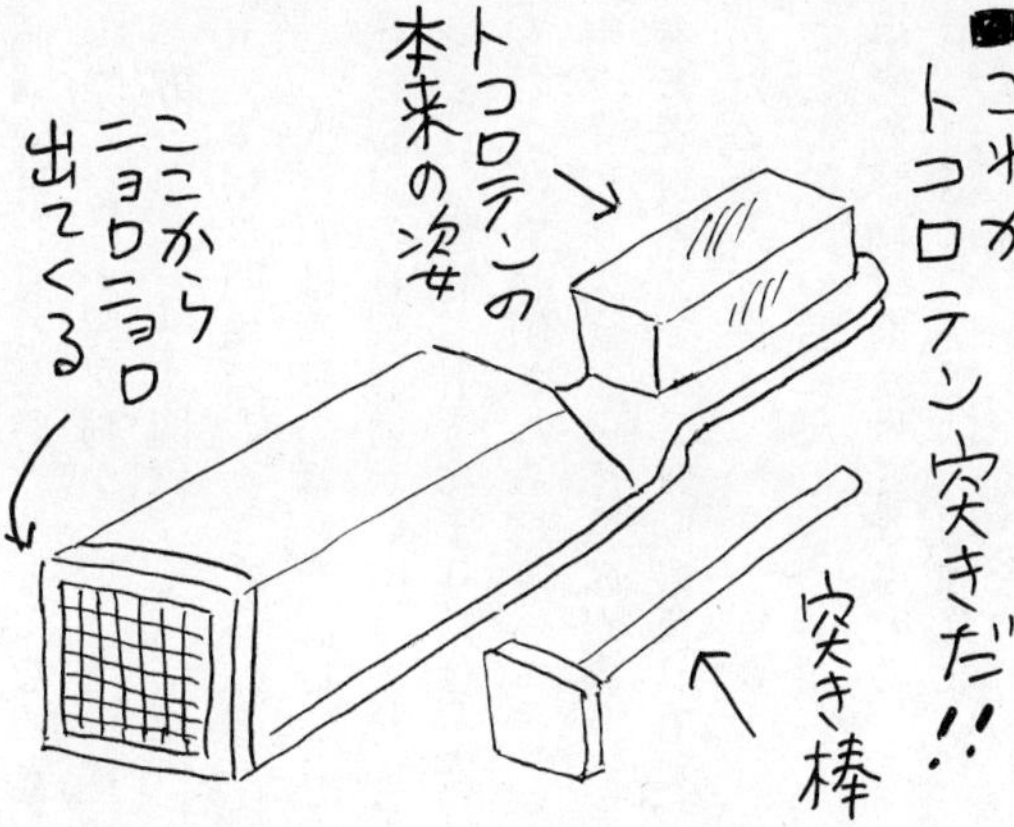
■これがトコロテン突きだ!!
トコロテンの本来の姿
ここからニョロニョロ出てくる
突き棒

ここからトコロテンは身を持ち崩すことになる。

気がつくとトコロテン突きという器具の中に押しこまれていて、何やら後ろから押す物で押され、そこから出たときは完全に身を持ち崩している。

哀れを食べる、というのがトコロテンの正しい食べ方であると言われる所以である。

牛肉もまた残念に満ちている。

この項《こう》は牛肉に限らず肉全般について書くつもりなのだが、飛行機に乗ると、

「ビーフ or フィッシュ」

と牛肉を肉の代表として訊くので、ぼくも牛肉に獣肉の代表になってもらった。

突然ではありますが人間の評価は何によってなされるのでしょうか。

いろんな考え方があるが、一般社会で通用しているのは偏差値、IQとかの、いわゆる頭脳の良し悪しということになると思う。

実際に会社や国を動かしているのは頭の良い人ばかりである（例外はあるが）。

一方、頭脳と一切関係なく、肉だけで評価される一群の人々がいる。

ボディビル関係の人々である。

この人たちは頭脳のほうを評価されることは全くない。ひたすら肉、筋肉の良否、すなわち筋肉の量、お肉がいっぱい付いていればいるほど高く評価される。

量と質、色艶《いろつや》、引き締まり具合、盛りあがり具合、ヒクヒク動く動き具合、そういったものだけで評価される。

ボディビル大会というものがあり、審査員は出場者の筋肉だけを見ている。

参考資料として一応頭脳のほうも見てみようではないか、という意見はこれまで一度も出たことがない。

ここで牛肉の話に戻る。

牛肉の評価は肉だけでなされる。

牛の頭脳については一切触れない。

このへんの事情はボディビル関係の人々と似ている。

松阪牛まつりなどという催しものもあって、ここで優勝した牛は一頭５０００万円と

バッシバッシいくかんね
これが噂の肉叩きだ！

いう値段がつくこともある。

こうした祭りの仕組は人間のボディビル大会と全く同じである。

牛はこの仕組をどう思っているのだろう。牛だって訓練すれば、「お手」とか「伏せ」とか「輪くぐり」ぐらいはできるのではないか。

参考資料として、そっちのほうもやらせてみようではないか、という声はこれまで一度も出たことはない。

求められるのはカラダだけ。

人間の世界ではこういうのは不純な行為とされるのだが、牛だからいい、というものでもないと思う。牛だって本当はいい気はしないはずだ。

ときどき足で地面を蹴っている牛を見かけるが、あれはそのことを口惜しがって地団駄を踏んでいるのだ、という説を唱える人もいる（いません）。

評価の基準はもっぱら味。

それと、柔かい、とか、硬い、とか、噛み心地がいいとか、そっちのほうの話ばっかり。

牛肉も元は生きていた牛である。

かつて生きていた牛を噛んで〝噛み心地〟という考え方はおかしい。

仮にもかつて生きてたんだぞ、生きて走ったり、モーとか言ってたんだぞ、そういうものを噛んだりしていいのか。

味わったりしていいのか。

おいしい、とか、おいしくない、とか言っていいのか。

棒で叩いたりしていいのか。

棒で叩くというのは、肉を柔かくするための肉叩き棒というものがあって、これで肉を思いっきりバッチンバッチン叩く。

しかもです。

肉叩き棒の叩くところはトゲトゲがいっぱいついていて、このトゲトゲが叩くたびに肉に食い込む。

いけないんじゃないかな、こういうことをしては。

牛に対する冒瀆ということになるんじゃないかな。

だが牛だって大人だ。

叩くことでおいしくなるならそれもいいんじゃないの、と思ってくれている（たぶん）。

カラダだけを求められるのも仕方がないことだと思ってくれている（たぶん）。

だが、肉以外のこと、性格とか顔つきとか、モーというのんびりした声とかも、多少は評価してもらえたら嬉しいナ、と思っている（たぶん）。

呑み潰れツアーで呑み潰れる人々

清龍酒造で酔って踊ってやみつきに

工場見学が流行っているという。

最近はテレビでもこの種の番組が増えていて「インスタントラーメン工場見学」とか「自動車メーカー工場見学」「クリーニング工場見学」「下水処理場見学」などなど、意外に地味そうな業種の工場の現場が意外に面白く、視聴率もいいらしい。

たとえばインスタントラーメンの工場の場合、粉の段階から始まって、それを練って刻んで、味をつけて乾燥させて一つ一つ箱に詰めてレッテルを貼ってダンボールに詰めて、そのダンボールがレールの上を続々と列をなしてトラックに詰め込まれるまでの過程が克明に、時にはスローモーションを交えて映し出される。

どうということないじゃないか、と言われればそれまでだが、その一つ一つの単純作業を、その部分の担当の機械が、ひたすら一生懸命、次から次へと急かされつつ、嫌な

図 こんな日本酒の試飲会があってもいいんかい

顔一つせず、間違いを犯すことなく誠実にこなしていくところに感動を覚える。

観光会社による見学ツアーもたくさん企画されていて、定年退職でヒマを持て余しているおとうさん達にも評判がいいらしい。

「そういうことなら今度参加してみっか」

と思う人もいると思うが、

「工場見学に行くほどオレはヒマじゃないぞ」

と見栄を張るおとうさんもいるはずで、それではこういう工場見学はどうか。

「日本酒の蔵元見学！」

「オッ！」

とひとヒザのり出したおとうさんAもいるのではないか。

「でもオレ一回行ったことあるけど、蔵元見学って妙に神妙で、妙な形の杉の葉っぱの玉とかしめ縄を張った神棚の前でハッピを着た社長が長々と解説して、林立する巨大なタンクの間ばかり歩かされて、最後に小さなコップにせいぜい一杯か二杯の酒を唎《き》き酒と称して呑ませてくれるだけなんだよナ」

と、お嘆きのおとうさんBにはこういう話はどうか。

「わたしがネットで見た蔵元見学ツアーはこうでした」

というおとうさんCの話を聞いてみよう。

「杉玉、しめ縄、神棚あたりまでは大体同じですが、そこから先が違う。見学後の酒はほとんど飲み放題、てゆうか、毎回呑み過ぎて倒れる人続出」

「オオッ」

と、さっきひとヒザのり出したあと、おとうさんBの話で元の位置に戻ったおとうさんAが再びひとヒザのり出す。

再びおとうさんCの話。

「だもんで、そのツアーは毎回大盛況。毎週土日と水・木曜日に開催されているんですが、土日は満員でキャンセル待ち多数。ウィークデーの水・木曜日でさえ一週間前に申し込んでやっとという状態。

参加する人はみんな呑み倒れ覚悟で気合いを入れて来ているので、蔵元見学の入口のところではウコンのドリンクを山積みにして売ってるそうですよ」

「どこです？　そのツアーの蔵元というのは？」

おとうさんAは更にもうひとヒザのり出す。

「そしてですね、その大宴会のあとは呑めや歌えや踊れやの大騒ぎ。ペンライト波揺れ状態」

「宴会ということは？」

「つまり食事が出ます。それも品数十品以上の豪華版。ですから会費として３０００円」

「３０００円……」

と、ここでおとうさんAは急に静かになる。

静かにはなったがおとうさんAは急にやる気になった。急に気合いが入った。

ウィークデーの木曜日に申し込んで無事見学ＯＫとなった。

当日の木曜日、快晴。薫風《くんぷう》そよそよ。

呑み倒れ日和というのだろうか。

その蔵元というのは「清龍酒造」。

場所は埼玉県の蓮田市。

新宿からＪＲ湘南新宿ラインに乗って38分、蓮田駅で降りてタクシーで5分のところにある。

降りてみるともうほんとに何もないところで駅の前に商店街さえない。

タクシー乗り場に40代のおばさんグループ4名。

たぶん呑み倒れに行くのだろうと睨んでいたらはたしてあとで会場にいた。

ここでちょっと冷静になって考えてみたのだが、埼玉県蓮田市までの電車賃、タクシー代、参加費3000円、合わせると少く見積っても4000円はかかる。

4000円あれば近所の居酒屋でかなりの呑み食いができる金額である。

なのにこうしてはるばる蓮田市くんだりまでやってくるのは、やっぱり浴びるほどの酒を一度呑んでみたい、ということなのか。

タクシーの運転手の話。

「なんか、だんだん評判になってきたみたいだね、ネットとか口コミとかで」

「いますよ、呑み過ぎて倒れる人。救急車呼んだことも何回かあるようですよ」

5分で会場に到着。

「清龍酒造」の建物の前は大きな広場になっていて準備万端整っている。

見学コースも矢印がついていて、宴会用の大食堂にもちゃんと名前があって「清水亭」の名札が出ている。

スタートの場所のところには、ありましたウコンのドリンクが（200円）。

いました、それをゴクゴク飲んでる人数人、中にはおばさんもゴクゴク。

「吉本」でもやっていける」
と評価されている社長
岩崎

みんなやる気十分。

見学開始は13時30分。

こんなウィークデーの木曜日に、こんな快晴の昼まっから、大酒呑んでやろうという意欲まんまんの人たちとはどういう人たちか。

それが何ともみんな普通の人たちなんですね。

のんびりと日傘をさした50代と覚《おぼ》しき女性の6人グループ、30代の男性5人グループ、中年の夫婦多数、定年男性グループ、青年の8人づれ、などなど「ウィークデーに酒を呑んでいられる人々の群れ」ここに集《つど》う。

本日の参加者総数108名、うち初めての人67名。

実に約4割がリピーターだったのだ。

参加はグループで行われていて、それぞれのグループのリーダーの腕のところに丸いワッペンが貼られていてそこに⑱とか㉗とかの数字が書いてある。

この数字、何だろうと思って訊いてみると何と参加の回数だという。
㉗のグループは実に27回目の参加なのだ。
一人で参加の人が多い、と思っていたのだが見渡したところそれらしい人は一人も見当らない。

13時30分きっかり、108名を前にして背広にネクタイの社長の挨拶が始まった。

社長は推定年齢55歳、話術たくみでよどみなく、ユーモアにあふれみんなの笑いが絶えない。

たとえばこんなふう。

「お酒を呑み過ぎて倒れる方が毎回おられます。倒れた方は、このように……」

と写真を取り出してみんなに見せ（4人で倒れている）、

「必ず写真に撮って公開することになっております」

と笑いを誘い、ユーモアといえばユーモアだが、警告といえば警告にもなるという緩急自在の流れるような話しぶり。

よく考えてみると、この催しは毎週、土日水木と4回行われており、合計月に16回、毎回同じことをしゃべっているわけだから、そりゃあ誰だって上達するよ、とは隣から聞こえてきた話。

馬でお越しの方は
ここにお繋ぎ下さい
というのを
設置したら
本当に馬に
乗って来た人
がいたそうです

それにしてもこの社長はもともと話好きの人らしく、見学時間は全部で40分なのだが、40分間ずうっとしゃべりっぱなし。

随所随処にユーモアを織り込んで笑いが絶えず、これだったら吉本《よしもと》でもいけるよな、とはこれも隣から聞こえてきた話。

もしかしたらこの社長、大学時代落研《おちけん》にいたんじゃないかな、とはぼくの推測。

清龍酒造株式会社は創業１８６５年（慶応元年）で、問屋、酒販店を介することなく直接消費者に販売することで発展してきた会社で、東京都内にも直営の居酒屋を多数展開しているという。

この見学ツアーは、宴会のあとに4合ビンの2本セットを２５００円で売っているのだが、この見学ツアーを開始してから２００万本の売り上げがあった、という話も社長はさり気なく織り交ぜる。

ただの話好きの面白い社長ではなく、なかなかのやり手の社長なのである。

見学ようやく終って時刻15時半、いよいよ宴会会場「清水亭」に108人がゾロゾロ。

体育館ほどの広さの大会場。

中二階のところに生演奏4名のバンドが待ち構えていてジャジャジャーンと歓迎の大音響。

各テーブルにはすでに料理多数と、日本酒が入ったグラスが5個、さらに米焼酎やリキュールのグラスも並んでいて、釜飯用のコンロに係の人が一斉にチャッカマンで火をつけてまわって、これをキャンドルサービスと称する。

マイクを握った社長の音頭で108人が一斉に大きな声で「カンパーイ!」。

驚いたことに、ぼくの正面に座っていた地味な身形《みなり》で顔も地味づくりで、頭もよくとかしてない50がらみで、60も少しからんだおばさんが「カンパイ」のあと、手に持った日本酒用のグラス（ウィスキーのダブルグラス大）いっぱいに注いであった酒（冷や）を、一気にクイーッと呑み干したのだ。

くどいようだが、グラス一杯の冷やをクイーッと一気なのだ。

しかも顔が地味づくりの地味なおばさんが、なのだ。

見回してみるとみんなほんとに呑みっぷりがいい。

それだものだから、全員たちまちのうちに酔い、老いも若きも、隣同士も、ナナメ向かい合わせもすぐに意気投合、談たちまち風発、論いきなり激論、あっというまに知らぬ者同士がスマホ取り出してアドレス交換、街コン、合コン的風景があちこちで展開している。

料理も豪華。

一泊27000円の和風旅館の夕食というところだな、と思っていると、途中でピチピチ跳ねる活き車海老が一人に2匹ずつ配布され、何しろ跳ねて暴れるので会場のあちこちがキャーキャー、ワーワー大騒ぎ。

そのうち生バンドのボーカルが松田聖子を歌い出すと、老いも若きも声をそろえて歌い出し、比較的若い女性グループの一団の肩が左右に揺れ出し、次の曲では両手を高く上げて左右に振ってペンライト状態になるとそれにつられて50代も60代も、地味も派手も中ぐらいもみんなペンライトになり、ついには立ち上がって会場の前方のちょっと広めの空間で踊り始める人も出てくる。

何しろ、みんながみんな、さっきの地味づくりのおばさん的呑み方をしているので出来上がりが早いのだ。

ダブルグラス一杯の冷やが五つ、席に座ったとたん目の前にあるわけで、これを次々にクイクイ呑み干せば、少なく見積ってもふつうのコップになみなみ二杯分以上。

そこに酒ビンを抱えた社長がニコニコ顔で一人一人にどんどん注いでまわり、係の女性もどんどん注いでまわるので、呑んでるほうは何杯呑んだかすでにわからなくなっているのだ。

最初に並んでいたグラスのうちの一つは本格米焼酎でアルコール度数25度。

こんなものを一気に呑めば、かなり酒に強い人でもかなり酔う。

ここでぼくは不思議な光景を見た。

人は誰でも酔うと踊り出す、という事実である。

もともと誰でもそういう傾向はあるのだが、こうもまざまざと目の前で次々にやられると、改めてその感を深くせざるをえない。

それまで地味に呑んでた地味な人が、ふと立ち上がって前に出て行って踊り始めるのである。

■豪華山海の珍味!!
社長があとで注いでまわるコップ
おつまみ
ビール
マグロ
ナミナミ注がれた酒
5杯
■このほか 活き車海老と鮑丸々1個

ぼくの隣で地味に呑んでた地味な服装（ユニクロとしまむら？）の50代の夫婦のうちの妻「しまむら」が、地味に立ち上がって前のほうに出て行ったと思うと、いつのまにかそこで地味に踊っている。

何の踊りか知らないが、アイドルグループの振りつけらしい動きを、自分流に地味に翻訳して踊っているらしい。

それからしばらくして、夫のほう（ユニクロ）も立ち上がって前のほうへ行って踊り始める。

盆踊りふうの踊りのところどころにアイドルを交ぜているのだが、盆踊りが主体なのでどうしても合の手ふうの手拍子が入ってしまい、どうしてもア、コーリャふうになってしまい、見ているほうは、ア、ドーシタドーシタふうの合の手を入れたくなる踊りなのだ。

この夫のほうの腕のワッペンは②で、一回来て見てやみつきになったのだと思う。

とにかくもう、ここにいる108人のことごとくが、前のほうに出て行かないまでも、自分の席のところで何らかの踊りじみた動きを見せている驚き、ペンライトの人、ア、コーリャの人、ハワイアンふうの腰つきの人、動いていない人がいないという驚き。

どんな居酒屋でも、客全員が酔って踊っている、という光景は見たことがない。

そういう意味でも、108人全員が酔って踊っている光景は、ここ「清龍酒造見学ツアー」以外では絶対に見ることはできないはずだ。

これはまさに「席に座ったとたんいきなり目の前にグラス5杯の日本酒、しかも冷や、さらにその他のグラスには25度の米焼酎の威力」ということなのだと思う。

※ツアーの価格や情報は、取材時のものです。

老人とおでん

具の鑑賞にふける。その新たな境地

大暑一過。

と思ったらたちまち木枯らし一陣。

ということになると一挙おでん。

時の過ぎること疾風のごとし。

年齢を重ねるたびに時間の経過に加速度がつく。

ついこないだガリガリ君をかじっていたと思ったら今はコンニャクをアヂアヂなんて言いながらかじっている。

というわけで、早速おでん屋のノレンをくぐる。

店内はおでんの湯気モーモー。

客のほぼ八割が五十代。男性。

おでんの世界は今や二極分化で、若いおでんファンはコンビニおでんへ、中年だけが旧来のおでん屋に流れる。

店内満員の盛況。

五十代がいっせいに動いて、

「ドーゾ、ドーゾ」

と席をつくってくれる。

おでんの鍋がでーんと展開しているまん前の最上席。

ここでこんなことを突然申しあげるのはなんですが、わたくしは八十歳になります。

だからどうだってんだ、と思われた方も多数おられると思いますがこらえてやってつかーさい。

おでんと年齢とどういう関係があるんだ、と、お怒りの諸兄もおられると思いますが、おでんと年齢はこんなふうに関係してくる。

そのあたりの真実をこれから書こうとしているわけなので、ま、おでんで一杯やりながら聞いてやってください。

わたくしは今、もらったばかりの熱いおしぼりで、老いの額を下から上へ拭き上げながら、目の前に展開している鍋の中のおでんたちをひとわたり見回している。

読者諸賢の臨場感を高めるために、ここで鍋の内容を書いておくことにします。

チクワ、コンニャク、大根、ガンモドキ、豆腐、タコ（足）、さつま揚げ、ゴボウ巻き、餅入り巾着、ハンペン……（順不同）。

ふつう、おでん屋に入っておしぼりで顔を拭いたら、さて、と少し前かがみになって、何からいくか、豆腐からいくか、大根からいくか、ということになるはず。

なのに八十歳のこの老人は、そのままずうっと鍋の中を見続けている。

具の一つずつを、チクワや大根やガンモドキやらの一つ一つを見てはいちいち頷《うなず》いたりしている。

ときにはハンペンに感心して「ホー」と言ったりしている。

チクワを見ては腕組みして「しかし……」と呟《つぶや》いたりしている。

どうやら注文するために一つずつ検討して

いる、というわけでもないようだ。

ここのところでちょっと解説が必要なので説明させてください。

少し長くなりますが、こらえてやってつかーさい。

この老人が、おでんの具の一つ一つに目をやって頷いたり、ときには呟いたりしているのには二つの理由があります。

一つは年齢からくる認知関係の衰え。

もう一つは年齢からくる価値観の変化。

この二つによって、世間への対応の仕方に乖離が生じ始めているのです。

老人というものは常にこの乖離に気がつかない。

おでん屋に入っておしぼりで顔を拭いたら、次に為すべきことは注文である、という常識が衰えている。

具の一つ一つをじっくり眺めているのは、注文をするためではなく、おでんの具の鑑賞にふけっているせいなのだ。

ふけっている場合ではないのにふけってしまうところが老人特有の症状ということになります。

老人はおでんの具の一つ一つをどのように鑑賞しているのでしょうか。

こんなふうに鑑賞しています。

佇まいが
何ともいえずよい！
大根
なんたって
落ちついてるもん

たとえば大根だとこうなる。

（まー、このー、居ずまいというか佇《たたず》まいというか、そういう面はあれでなかなかしっかりしておる。堂々と沈んでおる。ハンペンなんか見なさい。軽薄っていうの？　フワフワ浮いてるからああして店主に箸でツユの中に押し込まれてたしなめられている……のに、あーあ、ああしてまた浮き上がってきたりして）

見物というか、現況の把握というか、そっちのほうに専念している。

鑑賞とはちょっと違うのではないか、という声も当然あると思うが、本人がこれで楽しんでいるのだからこれでいいんじゃないですか。

認知のほうがしっかりしている人（ふつうの人）だと、大根に対してこういう見方はしない。

「味がようくしみているだろうか」

とか、

「丈《たけ》がちょっと短いな。大根はもうちょっと厚く切ったほうがおいしいんだが」

とかの実利に即した感想を持つものだが、何せ高齢、そっちにはもはや関心がなく、大根の居ずまい、とか、堂々としているかいないかとかのほうに興味が向かっているところが切ないが、だが考えようによっては、そっちに行っちゃったほうがよっぽど気楽、ここから先、呑気《のんき》に生きていくことができるのではないか。

認知のほうが衰えてくると価値観が変わり、その価値観が安楽のほうに向かうわけだからこんな結構なことはないと言える。

老人は大根の鑑賞を、

(ま、こんなところかな)

と切り上げて次に大根の隣のコンニャクに目を移してコンニャクにとりかかる。

(コンニャクてぇものは何かの統計で見たけど、あれでおでんの人気ベストテンの三位あたりに入ってんだよね。意外だよねぇ)

と感想を述べつつ(頭の中で)アゴをしきりになでる。

老人というものは感慨がゆっくりである。

ハンペンはどうしても浮いてしまう
ハンペン
みんなに「軽いね」と言われるのが辛い

そして感慨が長い。

腕を組んで天井を見上げたりしつつ感慨にふける。

（で、ありながらだよ、シラタキがこれまたどの統計を見ても七位あたりに入ってんだよね。これおかしいと思いませんか）

頭の中で誰にともなく語りかけている。

（だって、コンニャクもシラタキも同じものじゃないですか。コンニャクを細長く切ったらシラタキじゃないですか）

と少し怒ったりしている。

認知衰えたりといえども、見るべきところはちゃんと見ている慧眼《けいがん》の士でもあるようだ。

読者諸賢はすでに気がついていると思うが、この高齢者は店に来てからまだ何ひとつ注文をしていない。

おでん鍋の前の一番いい席に居すわって腕

組みしてときどきしきりに頷いたり、呟いたりしているだけなのだ。

（しかし……だ）

と、ここでイスを少し後ろにずらして姿勢を変える。

（聞くところによると、おでんの人気投票をすると常に大根が一位だそうじゃないですか。コンビニのおでんでも一位、こういう町のおでん屋でも常に一位）

と、天井を見上げ、

（ぼくはそうは思わないな。大根の一位はおかしいと思うな）

ちょうどそのとき、老人の右隣で五十歳ぐらいの若いのが、

「大根もらおうか」

と大根を注文する。

ふつうだとここで、自分の黙想と隣人の行動が一致したので嬉しく、つい、

「大根お好きですか」

と話しかけたりするものだが、なにせ認知のほうが衰退しているので社交という概念のほうも最近はめっきり頭に浮かんでこなくなっている。

したがって黙想が続く。

（ブリア＝サラヴァンは「君が今日食べたものを言ってみたまえ。君がどういう人間か言い当ててみせよう」と言ったというが、大根が好きな人間とはどんな人間か？　ウン、

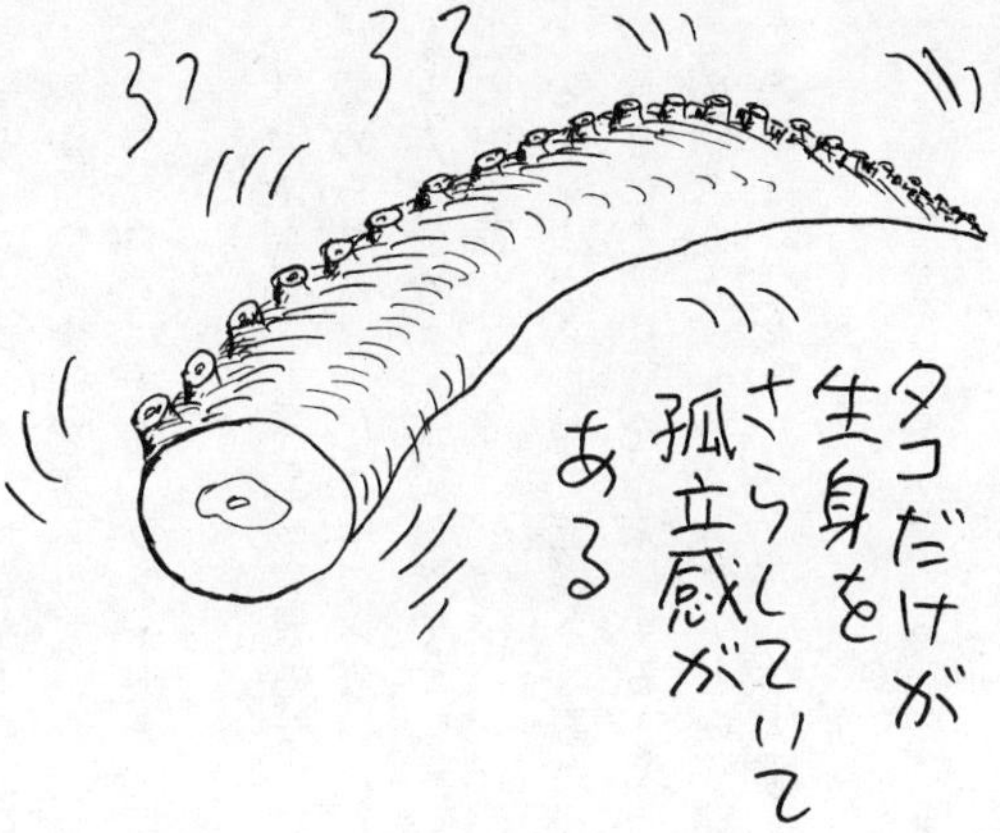
タコだけが
生身をさらしていて
孤立感が
ある

これはなかなか面白いテーマだぞ）

と新たなテーマの検討に入る。

もしあなたが老人の隣にいて、老人が今考えていることがわかるとすれば、

「ブリア＝サラヴァンではなく、ブリア＝サヴァランです」

と言ってあげることができるのだが、それは詮無いことなので、老人はこれから先ずっとブリア＝サラヴァンを修正することなく人生を過していくことになる。

その老人が今考えていることはともかくとして、こっちの老人（わたくし）もこのテーマに興味を持った。

なぜ大根はおでんの世界で常に一位なのか。

大根のどこがよくてみんなはおでん屋で大根を注文するのか。

ここで本文の冒頭に書いたおでん屋のメニ

ュー一覧を思い出していただきたい。

チクワ、コンニャク、ガンモドキ、豆腐、タコ、ハンペン……という強豪を差しおいて大根が首位の栄冠を勝ち得ている理由は何か。

チクワ、コンニャク、ガンモドキ、豆腐、ハンペン、これらの製造過程を考えてみよう。

いずれも製品として認められるまでに、複雑かつ多岐にわたる過程を経て、やっと世間に認められる立場になっている。

コンニャクなんて最初は芋ですよ。

土の中で育った芋。

この芋を土から掘って乾燥させるためにまず薄切りにする。

乾燥させた薄切りを粉末にする。

この粉末からグルコマンナンという糖質を取り出す。

この糖質に石灰乳などのアルカリ凝固剤を用いて固めてようやくあのコンニャクの形になる。

ここまで苦労してようやくおでんの要員として認められて、それでも人気はせいぜい三位あたり。

チクワだって苦労している。

本《もと》を正せば魚です。

その魚を殺したり、擂《す》り潰したり、棒に巻きつけて焼いたりしてようやくおでんの仲間入りをすることができた。

それでもやっと五位か六位。

豆腐だってそう。

本を正せば畑育ちの大豆。

大豆を砕いたり固めたり、固めたのを切ったりしてやっとおでん界で認められて、それでも首位にはなれない。

ガンモドキに至っては大豆から豆腐になるまでに一苦労したあと、カラダにゴボウやヒジキなどを混ぜ込まれ、油で揚げられた挙句、インチキっぽい「雁擬き」などという名前をつけられて、それでもベストテン入りがやっと。

それなのに大根はどうか。

生まれはコンニャクと同じ土の中。

土の中から引っこ抜いて煮ただけ。

それでいておでん界の首位。

コンニャクは「芋」から「コンニャク」へと出世につれて名前が変わったが、大根は出世しても、おでん屋のメニューには「大根」。

相撲の世界は、入門する前の名前と横綱になってからの名前が変わる。

横綱輪島は入門する前も輪島で横綱になってからも輪島であった。

大根は入門する前「大根」で、おでん界で横綱になっても「大根」。

おでん界の「輪島」としても有名な存在なのだ。

そうなんだよナー、と老人の心の中の述懐は続く。

（そうなんだよナー）と今呟いたのは、さっきのおでん屋に入っていった老人のほうなのでお間違えのないように。

とは言いつつも、今この文章を書いているほうの老人のわたくしと、さっきおでん屋に入っていった老人（そうなんだよナーの人）が、いまゴッチャになりつつあるのだが、こうした混濁は老人によくある症状と言われているので、わたくしとしても十分気をつけているつもりではあるが、ときとして、本人が知らず知らずのうちに症状が出てしまうことがあるらしく、そのときはそのときだ、と覚悟しているつもりなのでご休心ください。

ここから書いていくのは、おでん屋に入っていった老人のほうなのでお間違えのないように。

おでん屋の湯気、おでん屋の喧噪《けんそう》に包まれながら老人は思う。

さっき、あっちの老人（わたくしのほう）が輪島の話をしておったようだが、わたく

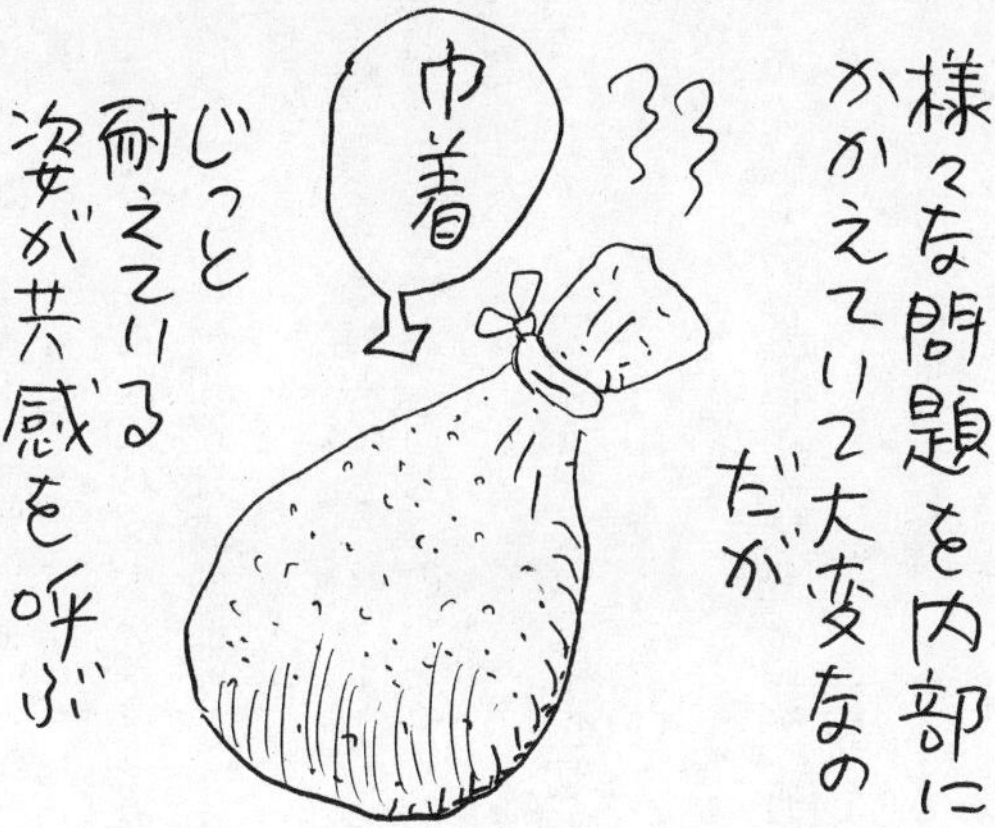
様々な問題を内部に
かかえていて大変なのだが
巾着
じっと
耐えている
姿が共感を呼ぶ

しもつい先日、両国の国技館でナマの取組を見てきたばかりで、いやあ、やっぱり相撲はテレビなんかではなく、ナマだと迫力がまったく違いますね。

相撲取りは体がデカいということは十分知っておったが、目の前で見ると見上げるようにデカい。

腹はものすごく出っぱっているし、ケツは出しているし、チョン髷《まげ》は結っているし、同じ人間とはとても思えない。

驚いたのは巨体同士がぶつかり合ったときの音のすごさ。

そして取っ組んだあとのガハガハという、ハゲシイ息づかい。

「そういえば……」

と老人は目の前に展開しているおでんの鍋に目をやって、

「相撲も部屋制だがおでんも部屋ですな」

と店の主人に急に話しかける。

「はい」

とだけ答えて主人はハンペンをツユの中に押し込めたりしている。

「つまりですね、相撲は高砂部屋とか二子山部屋とかの部屋制になってるわけです」

「はい」

今度はさつま揚げを引っくり返している。

「おでんもまったく同じなのです」

「はい」

「こうして大きな鍋をいくつにも区切った四角い部屋に、それぞれの具を住まわせておる」

「はあ」

「『魚肉練り製品部屋』『大豆部屋』『野菜部屋』『タコ部屋』というふうに」

「はい」

「『魚肉練り製品部屋』にはチクワ、さつま揚げ、ハンペン。『大豆部屋』には豆腐、厚揚げ、ガンモドキ。『野菜部屋』は大根、レンコン。『タコ部屋』はタコ一人」

「確かにそのようで」

と、ここで老人は急に立ち上がる。

「お勘定をおねがいします」

「あ、けっこうです」

老人は店に入ってから一度もおでんを注文していない。

「でも、せっかくこうしておでん見物をさせていただいて一銭も払わないというのは」

「ほんとにもう、けっこうですから」

老人は怪訝《けげん》な顔をして財布をしまいながら店の外に出る。

老人が外に出るのを見届けて、

「最近多いんですよ、ああいうの」

と店主は誰にともなく呟いて、またハンペンをツユの中に沈めるのだった。

面白いぞ、業界新聞

食品業界は色とりどり

ある日の郵便受けに「木材新聞」というのが入っていた。
何かの間違い、誰かの手違いによるものに違いないのだが、それにしても木材。
藪《やぶ》から棒に木材。
日ごろのぼくの生活と木材はあまりに縁が遠い。
急に木材がどうのこうのと言われても困る。
しかし木材。
しかも新聞。
怖いもの見たさで恐る恐るページをめくってみる。
別に木材は怖いものではないのだがどうしてもそういう手つきになる。
「木材新聞」はれっきとした日刊紙である。

一面トップ。

「需要急増、供給体制追いつかず　小径木、燃料へ流れ製材苦戦　関東・東北の国産材原木」

というのが大見出し。

何のことだかわからないが、木材界はいま風雲急を告げる事態になっているらしい。

読んでいくと、西日本の豪雨や台風被害に加え、

「バイオマス発電所や製材・集成材・合板工場の新規稼働に伴う丸太需要の急激な増加に、伐採作業の人手が追いついていないことが主要因」

とある。

突然そんなことを告げられてもぼくとしてはどう対応すればいいのか。

ぼくは漫画家であるが、ぼくなりに立てる

べき対策はあるのか。

だが、この記事を読んでわかったことがある。

部外者にとってどうでもいいことが、当事者にとっては重大なこと（何しろ一面トップ）である、ということ。

それと、世の中は業界で成り立っている、ということ。

商売あるところに業界あり。

業界あるところに業界新聞あり。

業界新聞あるところに読者あり。

俄然興味がわいてきた。

木材だけでなく、他の業界はどうなっているのか。

わがメシの種となっている食べ物業界の業界紙はどうなっているのか。

俄然忙しくなった。

食品業界の業界新聞を次から次へと取り寄せた。

取り寄せてみて驚いた。

食べ物業界の業界紙の範囲の広いこと、賑やかなこと、そして楽しげなこと。

たとえば鉄鋼関係の業界紙だったら読んで楽しいということは多分ないと思うが、食べ物関係の業界紙は読んで楽しく写真もあるので見て楽しい。

食べ物関連の業界紙は多岐にわたる。

米、麦、大豆、油糧、冷凍食品、乳製品、酒、飲料、畜産、菓子、外食、給食、エトセトラ……。

これらの業界新聞の中から、誰もが興味を持ちそうな記事を、はとバス風にピックアップして紹介していくことにする。

はとバスは数ある名所、旧蹟の中から、特に人気がありそうな個所をピックアップして案内していくわけだが、その方式。

「日本食糧新聞」（隔日刊）から始めます。

一面トップが、

「各社、増産体制を強化　中華まん　売場の壁越え競争激化も」

どうやら中華まんブームが来るらしい。

「中華まん市場の好調を受け、メーカー各社は増産体制を強化する」

「中村屋は武蔵工場を7月18日に竣工。中華まんの生産能力を増強し、生産体制を確立する」

「井村屋は新工場『点心・デリ工場』を稼働（中略）ラインを1本増設し需要期に向けて万全の体制を整えた」

山崎製パンは、

「デイリーヤマザキ、Yショップなど自社業態を中心に展開する加温製品で、10月1日から、蒸し器内での販売時間を、従来の蒸し器に入れてから6時間までを8時間まで延長する」

そして、

「自社調査で、チルド中華まんの喫食シーンとして、60~70代では、『自分の昼食』が多いことが分かったことから、食事としても満足できるように、1個のサイズを大きく」した。

へえー、そうだったんだ、定年退職後のおとーさんたちは、中華まんを食事として食べていたんだ。

「日本外食新聞」（月3回発行、タブロイド判）その三面、

「《やっぱステーキ！や》で参入」

ステーキ業界は「いきなり！ステーキ」とか「ステーキ　俺のグリル」とか、ヘンなネーミングの店が多いと思っていたら、こんどは「やっぱステーキ！や」という店が出現するらしい。

「ヨシックスがステーキ専門店の展開に乗り出す。このほど新業態『やっぱステーキ！や』を開発。９月29日に愛知・名古屋に１号店をオープンする」

ということはいずれ東京にも「やっぱステーキ！や」というステーキの店が出現するに違いない。

そうなってくると、サラリーマンの昼食時の会話はややこしくなってくる。

「今日の昼食何にする？」

「昼めしにいきなりステーキというのもなんだがいきなり『いきなり！ステーキ』にするか」

「いや、やはりいきなり『いきなり！ステーキ』より、やっぱり『やっぱステーキ！や』のステーキにしようよ」

というようなことになってくる。

こうなってくると、これから先に開店するステーキの店は店名に凝るようになる。

「どうしてもステーキ」

とか、

「何をさしおいてもステーキ」

とか、

「生活苦しいが今日はどうあってもステーキ」

とか。

この「生活苦しいが……」の店が出現した場合の会話を、さっきのサラリーマンの会話に当てはめてみてください。相当ややこしい会話になるはずです。

はとバスは次の目的地に向かいます。

「酒類飲料日報」

これは日報であるから日刊紙ということになる。

「消費税が10％に上がれば3人に1人が『ビール離れ』」という記事を特集している。

「ビール酒造組合と発泡酒の税制を考える会は、6月に『ビール・発泡酒・新ジャンル商品の飲用動向と税金に関する調査』を実施し、このたび結果を発表した」

その結果はどうなったか。

「『ビールの飲酒行動はどうなるか』との問いには『現在と変わらない』が62％で6割超となった。一方、『減る』（28％）、『飲むのをやめる』（3％）、『他の酒類に変える』（2％）と、〝ビール離れ〟の意向を示す人（33％）も3人に1人と少なくない」

最近ビールのアルコール度の高いもの（6％とか7％とか）を見かけるようになった

と思っていたら、酒類全般にそういう傾向があるらしい。

別の日の「酒類飲料日報」にはこういう見出しがあった。

「時代は清酒もストロング、秋冬の結果次第では追随メーカーも」

記事の内容は、

「缶チューハイやビール類ではストロング系の存在感が高まっており、ＣＶＳ（筆者注　コンビニエンス・ストア？）のＲＴＤ（？）の棚の半分を占める売場も見られる。炭酸飲料やスナック菓子でもストロングと銘打つ商品が登場しており、もはや１つのトレンドだ。清酒においても今年に入り、６月に先行して小西酒造がストロング清酒を発売し、秋冬の新商品では他メーカーもスタンスはそれぞれ異なるが、ストロングに分類される商品を一斉投入したことで、清酒業界においてもストロング時代が到来することとなった」

どうやら日本は高アルコール時代になりつつあるらしい。

発酵のみで作られる日本酒は、アルコール度数の限界が20度前後らしいので、やがて焼酎（20〜25度）並みの日本酒も売られるようになるかもしれない。

安く、手っとり早く酔いたい、という人が増えているのだろうか。

そうなると少量で早く酔うわけだから売り上げが減ることが考えられる。

そのことを業界はどう考えているのか。

「アルコールを常に飲む人は自分の量があり減らさない。（中略）2合飲む人は度数が高くなっても2合飲む」（菊正宗の見解）

と意外に楽観している。

ぼくの見解もこれと一致している。

次は「パンニュース」。

これは毎月5日、15日、25日と5の日発行のタブロイド判。

この新聞の三面は、「設立記念パーティー盛大に」の見出しがあって「〝ポリパン®〟で世界に笑顔を」、「ポリパンスマイル協会」と続く。

そもポリパンとは何ものか。

誰だってそう思う。

そこで記事を読んでいくと、

「ポリパンスマイル協会（梶晶子代表理事）の設立記念パーティーが、８月10日に東京・高輪のＳＴＯＣＫシェア＆キッチンで開催された。当日は、理事や顧問、会員ら関係者をはじめ多くの人が集まり、会の設立を共に祝った。また、ポリ袋を使ったパン生地作りを参加者全員で体験し、会場は〝シャカシャカ〟とポリ袋を振る音とともに、笑顔で満たされた」

どうやらポリパン®というのはパンのポリ袋のことらしい、と気づいたあたりで「ポリパン®は、ポリ袋とフライパンやトースターなどの身近な道具で、パンなどを手軽に作れる調理法」という解説があった。

ポリパン®のパンは、パンのパンとフライパンのパンをかけているらしいということがおぼろげながらわかった。

　世の中にはこういう出来事があり、それがこのようにきちんと報道され、ポリパン協会というものがあることがわかり、その協会にはちゃんと理事もいる、ということがわかったわけで、こういうところに業界紙の意義を大いに感じる。

「惣菜産業新聞」

　文字通り、お惣菜の新聞である。

　広辞苑には「日々の食事の副食物。飯のおかず。菜の物」とある。

　広辞苑に文句をつけるわけではないが、急に「菜の物」と言われても困る。

　いまどき「菜の物」なんて言うだろうか。かえって何のことだかわからなくなるが、とにかくお惣菜の新聞。

　飯のおかずもちゃんと新聞になる、ということを「惣菜産業新聞」は証明している。

　飯のおかずも産業になる、ということも新聞名で示している。

　そうなのだ。ご飯のおかずもいまや産業なのだ。農業、牧畜業、林業、水産業、鉱業、工業、商業に匹敵する産業の一つとなっていることを、この新聞の名前が示している。

　確かにデパ地下に行っても、スーパーに行っても、コンビニに行ってもおかずだらけだ。

　あたり一面おかずだらけ。

世の中はおかずで出来ている、という感さえある。

おかずは主食に対する副食と考えられているが、現代はそれが逆転しているような気がする。

おかずが主食でゴハンが副食、事実みんなそういう食生活になっている。

つまり、昔と比べておかずの地位がぐーんと上がっているのだ。

これから先、もっともっと上がっていくにちがいない。

このことにみんなまだ気づいていないのだ。「惣菜産業新聞」だけがそのことを、事実をもって教えてくれる。

「2018年版惣菜白書」によると、2017年の惣菜市場規模が10兆555億円であり、この金額は10年前と比べると126％を超えており、食産業全体の中でも成長が続いている唯一の産業となっている、ということを、日本惣菜協会の会長である佐藤総一郎氏が「惣菜産業新聞」で述べている。

そしてもう一つ、「惣菜管理士」という制度があることをこの新聞は教えてくれる。

栄養士や管理栄養士については知っている人が多いが惣菜管理士はほとんどの人が知らないだろう。

惣菜管理士は惣菜に特化した専門資格であり、社団法人「日本惣菜協会」が資格試験を実施していて一級から三級まであり、この試験に受かると食品メーカー、惣菜製造工場などへの就職に有利であり、2015年には有資格者は全国で2万人以上の人気資格となっているのだ。

いやあ、知らなかった。

世の中の大きな変化は、常に小さい所で発生し、やがてうねりを打って大きく波うつことになる。

みんながまだ気づかない小さな変化を業界新聞は教えてくれる。

「巣ごもり消費」という言葉を「日本食糧新聞」で発見した。

夏に猛暑日が続くと、みんな外出をひかえて冷房の効いた室内で過ごすようになる。室内で過ごしていると、ついスナックや菓子に手が出る。

それを「巣ごもり消費」と言うらしい。

今年はそれほどでもなかったが、例年夏もチョコレートの消費が伸びるという。どのような天候でもそれを商機ととらえる菓子業界のたくましさが見られるではないか。

時代の流れとともに惣菜の種類も変わっていく。

高齢化の波は惣菜の世界にもひたひたとせまる。

日刊紙「冷食日報」は「高齢者食特集」というのをやっている。

「ヤヨイサンフーズのやわらか食『ソフリ』は病院・施設の様々なニーズに対応した商品群が評価され取扱数・量ともに増加」

将来の食べタレ
歯ぐきの当たり具合がとてもええんです

と報じている。

ソフリというのは、舌でつぶせる部分を中心とした「やわらか食」とある。

「冷食日報」は翌日の紙面でも高齢者食特集を組んでいて、「高齢者食市場」という言葉を使っている。

いまや高齢者食は市場となっているのだ。

「高齢者食市場全体の更なる発展を見据え、積極的に市場拡大に挑む。昨年に引き続き、アサヒ介護向け商品アンバサダーとして俳優の中村雅俊さんを起用し、販促を強化」とある。

「高齢者食」「介護食」という言葉がふんだんに出てくる。

「在宅向けケアフード事業」という言葉も出てくる。

これらの食品は「舌でつぶせる」「歯ぐき

でつぶせる」がキーワードになっていて、ゼリー状、とろとろ煮込み状になっているものが多い。

これからの食のタレントは当然高齢者がやるようになり「歯ぐきで噛んでみせる」シーンが多く見られるようになるはず。

「山田太郎」を糾弾する

亡びる名あれば生まれる名もあり

役所や銀行に行くと、書類に書きこむ場合の見本がカウンターに置いてある。

この書類はこういうふうに書いてくださいという見本で、住所欄、氏名欄があって、その氏名欄のところに、男の場合の例として、

「山田太郎」

と書いてあることが多い。

女の場合は、

「山田花子」。

この場合の「山田」は日本で最もポピュラーな名字として選ばれた、と考えられる。

書類に書きこむほうも、

「日本では山田という名字が一番多いから、代表例としてはどうしたって山田というこ

とになるんだよね」

　と納得している。

日本の名字の代表は山田。

「山田、鈴木は犬の糞（そこらじゅうにある）」

という言い方をする人もいるし……。

ところが日本で一番多い名字は山田ではない。

「あ、そうなんだ。山田じゃないとなると、鈴木？　田中？」

ということになるが、鈴木でも田中でもない。

日本の名字のベスト・ファイブ。
①　佐藤
②　鈴木
③　高橋
④　田中
⑤　渡辺
これを読んだ人は「アレ？」と思うはずだ。
①位の佐藤が意外である。
「山田はそこらじゅうにいるが佐藤ってそんなにいないんじゃないの」

と思う。
③位の高橋も予想外。
⑤位の渡辺も納得がいかない。
ここで多くの人はこの順位に不信感を抱く。

このベスト・ファイブはどこかおかしい。

誰かが手を加えているのではないか。

どこかの団体とか組織とかが、何らかの意図をもって入れ替えているのではないか。

その組織とか団体とかはもしかして文科省関係？　総務省？　国交省？　それとも財務省？

財務省あたりが怪しいな、あそこはいつだっていろんなところに手を回して何かしらやらかしているからな。

ここで賢明な国民はハタと気付く。

「名字の順位に手を加えることによって誰かが利益を得るようなことはあるのだろうか」

「土地で儲けた」

という人の話はよく聞くが、

「名字で儲けた」

という人の話は聞いたことがない。

どうも人間というものは、というより日本人は、順位ということになると目の色が変わる傾向がある。

「2位じゃダメなんですか」

ということになってたちまち物情騒然となる。

どうしても1位にこだわる。

「1位優勝！」ということにこだわる。

この場合は、「名字で優勝」ということになるが、名字で優勝するとはどういうことか、ということは考えないで、とにかく優勝、金メダル、故郷に錦、という考え方になる。

ぼくにしたってそうだ。

ついさっき、名字の順位を書きこんだわけだが、そのとき、ごく自然に、名字の「ベスト・ファイブ」という書き方をしてしまった。

名字に優劣はないのだ。

だから「1位最優秀」ということはないわけで、単に順位が1位であるというだけの話なのだが、1位ということは2位より上で、2位じゃダメでやはり何てったって1位は目《め》出度《でた》い、ヨカッタ、ヨカッタ、と堂々めぐりになる。

と、ここまで読んできた賢明な読者は再び気付くことになる。

日本で一番多い名字は山田ではなくて佐藤であることがはっきりしたのだ。

だったら役所や銀行の書式の例は、

「山田太郎」

ではなく、

「佐藤太郎」

にすべきではないのか。

当然女性は「佐藤花子」。

日本で一番多い名字が「佐藤」であること

は役所側は国勢調査などによってとっくの昔に知っていたはずだ。

知っていたのになぜ「佐藤」ではなく「山田」を強行したのか。

これは大きなナゾである。

疑惑という言い方をしてもいい。

疑惑はこれまで数々の「疑惑事件」があったように、しばしば事件に発展する可能性がある。

またしても財務省が何かやらかしたのだろうか。

物事を悪意でばかり判断するのはよくないことだ。

ここでは善意で判断することにしよう。

「佐藤太郎」でもよかったのだが、どうだろう、「山田太郎」は実に素直に、スッと頭に入ってくるが「佐藤太郎」は見慣れてないせいもあって何となく馴染めないところがある。

山と田んぼは日本の原風景でもある。

つまり日本人は〝山田慣れ〟しているのだ。

それだものだから、「山田」と言われると心が安らぐところがある。

「佐藤」と言われると、そのどこに安心を求めていいかわからないので、だったらいっそ山田でいこうじゃないの、ということになったのではないか。

考え方はまだまだあるが、この問題にいつまでも拘泥《こうでい》しているわけにもいかないので、名字はこのぐらいにして名前のほうに話題を変えよう。

「山田太郎」の「太郎」のほう。

なぜ「太郎」になったのか。

「太郎」は古過ぎないか。

浦島太郎、金太郎、桃太郎、お伽噺《とぎばなし》の世界ならともかく、現代の世情とマッチしないのではないか。

いまどき太郎なんて名前の人、聞いたことないぞ（麻生太郎という人がいる、という声は無視して）、いるならここに連れてこい、という人が多いと思う。

ここで気がついたことなのだが、子供の名前は時代の空気を反映する。

名前は時代の鏡でもある。

太郎は古くなった。一人もいなくなった（くどいな）。

自分ごとで恐縮だが、ぼくの世代（昭和12年生まれ）は「男」の付く名前が多かった。

男、または雄、または夫。

昭男、和雄、正夫などなど。

男も雄も夫も男性を意味する文字である。

男の子であることは自明なのになぜあえて男という意味の字を名前に入れたのか。

あの時代は男を強調する時代だったのだ。

「男なら！」とか「男だろ！」とか「男がすたる！」という時代だった。

「男、村田英雄！」もあったし、近くは日本ボクシング連盟元会長で黒眼鏡の「男！山根明」の例もある。

一字の名前も多かった。

小学校、中学校のクラスメートの名前を思い出してみると、

勇《いさむ》、猛《たける》、勝《まさる》、勲《いさお》、功《いさお》、忠《ただし》、武《たけし》、孝《たかし》……。

どの字にも当時の世相（昭和16年太平洋戦争勃発）、戦争色が色濃く反映されている。

茂《しげる》、稔《みのる》、實《みのる》、豊《ゆたか》、努《つとむ》、勤《つとむ》というのもいた。

こちらは当時の食糧難の世相が影響した名前で、そのことを思うと、稔、實、豊、茂の字に切ない思いを禁じえない。

女子生徒の名前は「子」。

昭子、和子、正子などなど。

戦争があって、終戦になって、民主主義になって、三丁目の夕日の時代があって、所得倍増になって、モーレツの時代、バブル、リーマンショック、そして現在、と時代は変わってきたのだが、その時代、時代で名字は変わらないが名前のほうは目まぐるしく変化してきた。

その変遷を知りたいと思った。
現在の子供たちの名前はどうなっているのだろう。
「太郎」がすっかり古くなったように、男・雄・夫も古くなっているはずだ。
勇も勝も忠も孝も古くなっているにちがいない。
もしかしたら絶滅危惧種になっているかもしれない。
聞けばキラキラネームなるものが流行っているという。
キラキラネームに対するシワシワネームなるものもあるという。
ぼくらの世代以降の名前の変遷はどうなっているのか。
国会図書館に行けば調べられるかもしれないが、どういう項目で、どういうとっかかりで調べればよいのか……と考えあぐねているうちに、ふと素晴らしい考えが浮かんだ。

日本には「夏の甲子園」というものがある。

あの出場選手の年次の名簿を調べれば、おのずと年を追うごとの生徒たちの名前の変遷がわかるのではないか。

とりあえず2017年の優勝校「花咲徳栄《はなさきとくはる》」の出場選手の名前をあたってみる。

(投) 清水達也
(捕) 須永光
(一) 野村佑希
(二) 千丸剛
(三) 高井悠太郎
(遊) 岩瀬誠良
(左) 西川愛也
(中) 太刀岡蓮
(右) 小川恩

この一連の名前群を一目見て何か気がついたことはありませんか。

そうです、男・雄・夫が一人もいない。

不安になってその7年前（２０１０年）の優勝校チームの名簿も調べてみた。

これにも男・雄・夫は一人もいない。

男・雄・夫は、すでに絶滅していたのだ。

動物の種は、絶滅危惧種に指定されてから実際に絶滅するまでには50年から１００年ぐらいの余裕があるが、わが「男」種は50年経たずして絶滅したのだ。

いっときは全盛を誇ったあの「男」たちが絶え亡びたのだ。

その心境はと問われれば、寂寥《せきりょう》胸に迫るものがある、と答えよう。

男・雄・夫はシワシワネームとなっていたのだ。

生者必滅、盛者必衰、亡びるものあれば生まれ出ずるものあり。

キラキラネームの誕生である。

これは1993年、東京都昭島市に住む夫婦が、生まれた子供に「悪魔」と名付けて市役所に届けたことに端を発する。

市役所が別の名前を申請するよう指導したため騒ぎになった。

それより前の話になるが、有名タレントの桑名正博とアン・ルイス夫妻が子供に「美勇士」という名前を付けた。

「美勇士」は「みゅうじ」と読み、夫妻がミュージシャンだったので「みゅーじ」から発想したらしい。

沖縄でしたっけ。「山田さん」を「山田しゃん」、「洋次さん」を「洋次しゃん」というふうに呼んだりするのは。

そういう意味では、「美勇士」は整合性があり、理に適うところがあったので大衆に大いにウケ、これで一気にキラキラネームに火がついた。

このあとはもう百花繚乱、百鬼夜行、落花狼藉、無政府状態、もうどうにもとまらなくなってリンダ困っちゃう、ということになっていく。

何しろ最初の刺激が強過ぎた。

いきなり「悪魔」が来たのでみんなすっかり安心してしまった。

「亜富」は何て読むでしょうか。

「夢民」は？

「唯一神」は？

「亜富」は「アトム」が正解、「夢民」は「ムーミン」、「唯一神」は「ゆいか」が正解です。

もちろん正解ではありませんよ。

正解というのは「正しい解答」なんだけどこういうのは何て言ったらよいのでしょう、リンダ困っちゃう。

「姫守」は「ひも」と読み、しかも男性名であるというからもうどうにもとまらない。

「月」と書いて「うめ」と読ませる。

いくら「月」は「うめ」とは読めない、と言っても向こうが「うめ」と読めと言い張るとそれに従わざるを得ない仕組みになっているようだ。

向こうもまるきり無茶を言ってるわけでは

なく「月はキラキラ光るので、そこから『きらめく』になり『らめ』のところの『ら』が『う』の字に似ているので何となく『うめ』になった」という。

「何となく」というあたりに説得力がある。

「聖夜」は「いぶ」、「皇帝」は「しーざー」、「男」は「あだむ」、「緑夢」が「ぐりむ」、「行晃」とあるので、やっとまともな名前が、と安心していると「いけてる」だという。

「いけてる」と「け」にアクセントをつけると「照」の字が思い浮かぶので「いけてるちゃーん！」と外で呼んでいるかぎりバレることはない。

つい最近、JRの山手線に新駅が出来、その駅が江戸の玄関口として賑わいをみせた地であるので「高輪ゲートウェイ」というネーミングになったのも駅名のキラキラネームと騒がれていて、これもキラキラネームの余波だと言われている。

これから先、キラキラネームはあちこちに出没するから気をつけなければならない。

気安い友人であっても気をつけよう。

たとえば、

「最近のキラキラネームはひどいね」

「ああ、しっちゃかめっちゃかだね」

ということになって、

「暴走万葉仮名って言うんだってね、ああいう読み方」

「夜露死苦のたぐいか」

「『姫菜』と書いて『ひな』とか。子供の名前で親の教養が大体わかるよな」

「………」

「『姫菜』と書いて『ひな』と読ませる親の顔を見たいよ」

「………」

その友人の娘さんの名前が姫菜だったということ、ありえます。

月刊文藝春秋特別寄稿

僕とインスタントラーメンの六〇年

～我が人生の友、即席麵に捧ぐ～

生き証人と言われる人たちがいる。

太平洋戦争の生き証人、連合赤軍による浅間山荘事件の生き証人など、事件や事変、社会現象となる現場に居合わせた人、係わった人、という意味ももちろんあるが、一番大切なのは「生き」の部分である。

その証人が、いま、現在、生きているという部分。

生きて証言できるという部分。

生き証人は、その証人が係わった事件や事変が古ければ古いほど価値が出る。

事件が古いぶん証人も当然古くなる。

あまり古くなりすぎると呆けて証言があやしくなり証言の価値が下がる。

生きてちゃんとした証言ができる証人。

そういう意味から言うと、私はまさに日本におけるインスタントラーメンの誕生から今日《こんにち》に至るまでを、現場の近くで生きて見続けてきた生き証人そのものということになる。

これ以上古くなると、古くなりすぎて証言があやしくなるという、かろうじて間に合った〝証人の旬〟とも言うべき私である。

私は日本のインスタントラーメンの歴史とどのように係わってきたか。

まず、インスタントラーメンの初期の販売に携わった。

日本最初のインスタントラーメンである「日清のチキンラーメン」の誕生は、一九五八年（昭和三十三年）八月二十五日と、日にちまではっきりしている。

こうした〝歴史上初めて〟というようなものの誕生は、ふつう曖昧であるはずなのだが、インスタントラーメンに限ってははっきりしている。

なぜはっきりしているかというと、発明者の安藤百福氏がそう決めたからである。

昭和三十三年、私は二十歳。

私の青春はインスタントラーメンと共に始まったのである。

その翌年、わが家は父親が脱サラをして酒類販売業の免許を取って酒屋を始めた。

当時の町の酒屋は一種の総合食品店で、当然、売り出されたばかりの袋入りインスタントラーメンも店先に山積みで並べられていた。

私は店の手伝いをやらされていたので、売り出されたばかりの袋入りインスタントラーメンの販売に携わることになる。

もちろん、ここでいう「日本初のインスタントラーメン」とは、「日清のチキンラーメン」のことである。

発売当時の袋入りチキンラーメンは乾物扱いだった。

いまでは乾物屋という商売はほとんどなくなったが、当時は鰹節、干ぴょう、煮干し、昆布、大豆、小豆などの乾燥品ばかりを売る専門店が町内に一軒はあった。

この「インスタントラーメン乾物時代」があった、という証言は貴重である。

初期のインスタントラーメンの販売に係わったあと、私はその大消費者になる。

販売に大いに係わり、消費に大いに係わる。

証人としての地位を着々と築き上げていく時代であったと言える。

昭和三十五年、私は家を離れて下宿生活を始める。

下宿生活と言えばビンボー、ビンボーと言えばインスタントラーメン、そういう時代だった。

「日清のチキンラーメン」が発売された時代を、映画「三丁目の夕日」ふうに回想してみよう。

町にはオート三輪が走り、都電が走り、乾物屋が繁盛し、東京タワーが建てられつつあった時代。

当時の町のラーメン屋のラーメンが一杯四十円。

「チキンラーメン」の値段は三十五円だった。

当時はトリスバーという大衆バーの全盛時代で、学生はもっぱらここで酒を飲んだ。

トリスのシングル一杯が四十円、ハイボール六十円くらいだったと記憶している。

当時、水割りというものはまだなく、学生はウィスキーを一番安いストレートで飲んでいたのである。

私が通っていた早稲田大学のスクールバス（高田馬場―早稲田）が往復で十五円。

ふだんの食事はもっぱらチキンラーメンだった。

朝昼晩とチキンラーメンだった。

日清のチキンラーメンはいまでもそうだが、鍋に丸いカタマリの麺を入れて煮るだけ。

つまり「スープの小袋」「油脂の小袋」「香辛料の小袋」といった小袋のたぐいは一切なかった。

片手鍋と言われる、片っぽうだけ柄《え》のついた（下宿鍋とも言われていた）小さな鍋で煮て、丼にあけたりせず、その柄を逆手《さかて》に持ってそのまま、アチアチとか言いながら食べるとき、ああ、これが下宿生の晴れ姿だ、と晴れがましい思いをしたものだった。

やがて発売してからずいぶん経って、丸く固まっているチキンラーメンのまん中のと

ころに、卵をのせる窪み（たまごポケット）が付くようになる。

メーカーはこのように、様々な工夫をしてくれている下宿生の栄養バランスを心配してくれているんだ、と勝手に解釈して涙ぐんだものだった、と述懐するおとうさんもいる。

……と。

ここまで私は、生き証人としての自分とチキンラーメンとの係わり方を述べてきた。

だが、こんな小さな出来事をちまちま書きつらねて、自分はチキンラーメンの生き証人である、などと大それたことを言うつもりはない。

もっと大きな、生き証人としての資格を私は持っているのだ。

それは、日本初のインスタントラーメンであるチキンラーメンの生みの親、安藤百福氏に、直接、ジカに、目の当たりに会っているということだ。

もっと詳しく説明すると、日清食品の会社の社長室で、百福氏と同じ部屋の空気を吸い、同じ室温を共にし、同じ気圧の中で百福氏の生《ナマ》の声をこの耳でじかに聴き、あまつさえ当時発売したばかりのカップヌードル（一九七一年発売）を「ドーゾ、ドーゾ」とすすめられ、生の百福氏の肉眼に見守られながらすすったという経験を持っているのだ。

これ以上の資格を持つ生き証人はいるだろうか。

日本初のインスタントラーメンは、なぜ「チキンラーメン」という名前で売り出されたのか。

考えてみれば奇妙ではないか。

牛、豚、鶏、羊……と数ある肉の中からあえてチキン。

その社長室で百福氏は私に言った。

自分は「即席」とか「インスタント」という言葉が好きではない。「間に合わせ」というように感じられる、と。

ここからあとは私の推測である。

何かほかのネーミングはないか。

ということであれこれ挙がった候補の中に「チキン」の名前があったのではないか。

いま即席麵は世界中に進出して、その数一千億食。

世界中ということはイスラム圏も含まれるし仏教圏も入る。

いまにして思えば、「チキン」という選択は大正解だったということになる。

様々な資料によれば、最終的に「チキン」に決まったのは、百福氏が「チキンにこだわったから」としか書かれていないが、もしかしたら百福氏の「野性の勘」が閃いたのではないか。

よく考えるとこの部分、偉人としての百福氏の偉人ぶりを見せつける、偉人伝の重要なポイントになるのではないだろうか。

百福氏は「チキンラーメン」の発明以前にいろんな商売に手を出している。

最初は繊維業でメリヤスの工場を経営したり、信用組合の理事長になったりしたあと、チキンラーメンの開発に乗り出している。

経歴から見ると、多少山っ気のある人、と思われるが、実際に会った百福氏はむしろ実直、質実、誠実を思わせる人柄であった。

誠実ではあるが山っ気もある人、という解釈はどうだろうか。

即席ラーメンは「二十世紀最大の発明」と言われている。

それまでこの世に存在しなかったものを発明した人である。

失敗に失敗を重ね、失望と絶望の果てにチキンラーメンを発明したのだ（百福氏そのとき四十八歳）。

マンガ社内報
No.5
日清食品
みち
の巻
トップ・インタビュー
インスタントは一日にしてならず
安藤百福社長
社長室でおよばれ
おいしいですねェ
祝……水

今年（二〇一八年）はチキンラーメン誕生からちょうど六十年。

六十周年を記念して様々な行事が行われ、チキンラーメンの包装にも「元祖鶏ガラチキンラーメン　日本発の世界食！　インスタントラーメン発明60周年」の文字が躍る。

そうか六十周年か。

生き証人としての私も、インスタントラーメンと共に六十年を生きてきたわけだ。

インスタントラーメンを友として六十年。

六十周年を記念する私的な行事として、久しぶりに「日清のチキンラーメン」を食べてみることにする。

チキンラーメンの袋を手にして思うことは、

「何も変わっていない」

ということである。

六十年前に発売されたときの包装のデザイ

ンそのまま、中身もそのまま。

六十年前と同じように茶色く、六十年前と同じように小さく、かわいらしく丸まり、その中央には丸く凹んだ「たまごポケット」。

わが下宿生活伝来の伝統方式で食べることにする。

すなわち片手鍋で。

まずガス台で片手鍋に湯を沸かして麺を投入。

沸騰してから一分、昔は三分だったような気もするが、いまのは一分（そう書いてある）。

一分経過、伝統に従って丼にはあけず、片手鍋逆手持ちアチアチ方式。

改めて思ったのは、

「おいしいじゃないか」

ということ。

記憶していた以上においしい。

スープの味、想像していた以上においしく、麺の歯ざわりもこれで十分、即席麺として普通においしい。

時々この「普通においしい」という表現を「何も言ってないに等しい」と非難する人がいるが、すばらしい表現だと思う。

「普通」と言ってるのではなく、その下に「おいしい」が続く。

即席麺の必要十分条件を見事に表現しているではないか。

昨今の袋入り即席麺の状況はどうか。

どのメーカーの製品も、袋から取り出して煮るだけ、というのは一つもない。

必ず先述のコマゴマした小袋がいくつも付いている。

濃縮スープの小袋を小器用に指で千切っては入れ、油脂系の小袋を小器用に千切っては入れ、香辛料の小袋を千切っては入れる。

このケチケチしてコマゴマしてシケシケした貧乏くさい行為が、これまで日本の青少年の精神の発達にいかに有害であったか。

即席麺の小袋が、日本の青少年をして小器用を得意とするスケールの小さい人間に仕立て上げてきたのだ。

私はこのことを六十年間憂えてきた。

近年の日本は、政治の世界にしろ、経済の世界にしろ、芸術の世界にしろ大物と言われる人物が一人も出てこない。

小物ばかりの国ニッポン。

それはこの六十年間、日本の青少年が即席麵の小袋を小器用に千切ってばかりいたせいなのだ。

ケチくさい行為を六十年間続けてきたばかりに、みんなケチくさい人間になってしまったのだ。

西郷隆盛の時代に即席麵はなかった。

だから西郷隆盛は大物になることができた。

西郷隆盛が即席ラーメンの小袋を一つずつ丁寧に小器用に千切っている姿を誰が想像できよう。

即席ラーメン誕生六十周年を記念して、私は次のことを提案したい。

袋麵の小袋群を追放しよう。

追放して元の姿に戻そうではないか。

そうして次世代の青少年の大型化をはかろう。

日本の青少年の大型化はまず即席ラーメンから。

時代は移り変わっていまはカップ麵の時代となった。

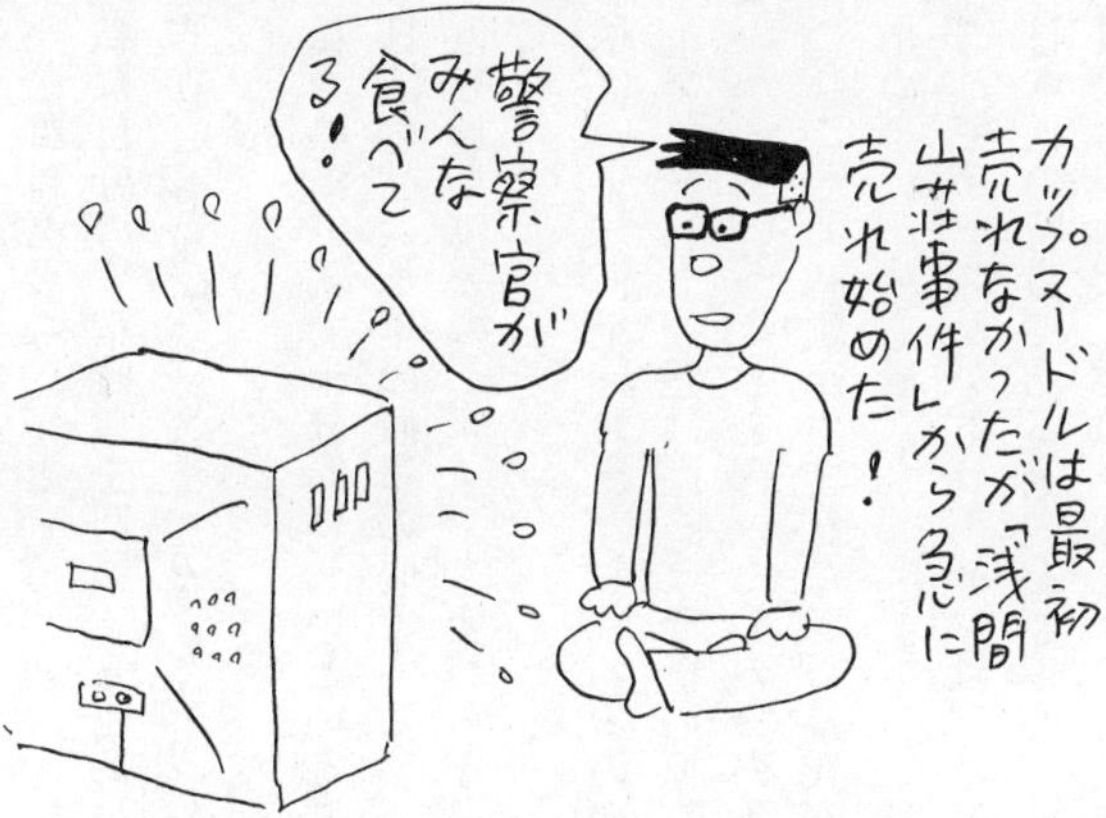
カップヌードルは最初
売れなかったが「浅間
山荘事件」から急に
売れ始めた！
警察官が
みんな
食べて
る！

　私が百福氏と会って同じ部屋の空気を吸い、同じ気圧の中でカップヌードルをすすって以来五十年。

　いまや袋麺よりカップ麺のほうが世界的に優勢である。

　袋麺とカップ麺はどこが違うか。

　このことに視点を置いて考えたとたん、われわれは重要な違いを発見することになる。

　袋麺には小袋がいっぱい付く。

　日清のカップヌードルには小袋は付かない。ただお湯を注ぐだけ。

　この「ただお湯を注ぐだけ」は、日本最初の即席麺である「チキンラーメン」とまったく同じ仕組である。

　ここで次の事実に注目しよう。

　カップ麺が基本的に小袋なしで勝負しようとしている事実。

そして、その方式で世界に進出していったという事実。

小袋群は必要ない、という事実。

私は自分の下宿時代を回顧するために鍋で煮る方式を選んだが、チキンラーメンは発売当初、「熱湯を注いで二分」を売りにしていた。いまでもこの方式で食べる人は多いだろう。

私も熱湯方式で十分おいしいということが先程食べてみてよくわかった。

日清食品六十年の研鑽の賜《たまもの》である。

色も形も包装のデザインも変わらないが、六十年間、味の向上に励んできたのだと思う。

私はいま、何を言おうとしているのか。

インスタント袋麵はいまこそその原点、原初の「熱湯二分・小袋ナシ」に戻ろうではないか、ということを言いたいのである。

これこそ即席麵が生まれた、百福氏が発想した原点中の原点ではないのか。

止めよう小袋主義。

ここでインスタントラーメンは、なぜ小袋主義に走ったのか、について考えてみよう。

日本人の特徴である勤勉を尊ぶ心、これではないか。

現状の袋麵は、どのメーカーの製品にも最低三種類の小袋が付いている。

高級ラーメン「楊夫人」
というのもあった。
そういえばインスタントコーヒーで
「ロドルフ殿下」というナゾの殿下も出てきた。
そういう時代だった！
楊夫人

「スープ系」「油脂系」「香辛料系」の三種いずれもそのサイズ三〇ミリから二〇ミリ。

人間の指先は三〇ミリから四〇ミリで、どう考えても指先が相手にするには小さすぎる。

小物が小物を相手にチマチマ苦労をしている。

こういう日本の現状はいまこそ打開されなければならないのだ。

明るい日本の未来のために、いまこそインスタント袋麺の小袋群を一掃しようではないか。

勤勉を尊ぶ心を見直そうではないか。

二宮金次郎以来の日本人の勤勉主義が即席麺の小袋に具現されたのだ、と私は考える。

じっとしていられないのだ、日本人は。

簡便、省略を旨とする「即席」という考えを食事に導入しておきながら、その即席によって生み出された余裕の時間を余裕として甘受することができない。

その時間に、つい何かしないではいられない、その心が小袋に手間をかけるという発想につながったのである。

十八世紀半ば、英国で産業革命が起こった。二〇一八年、麺業革命を日本から世界に向けて発信しようではないか。

解　説

長田昭二

僕の「長田昭二」という名前はペンネームだ。

「長田」は「ながた」ではなく「おさだ」と読む。「ながたさん」と呼ばれても返事はするが、本当は「おさださん」と呼んでもらいたい。

何を隠そう「おさだしょうじ」を並べ替えると「しょうじさだお」になるのだ。

なんだ、それだけの理由で東海林さだおの作品の解説を書いていいのか！　と怒り出す人もいるかもしれないので、まずそのあたりの言い訳から書きますね。

僕の東海林先生（のエッセイ）との出会いは昭和の終わり、大学生の頃だった。当時僕は川崎市高津区のアパートで一人暮らしをしていた。

ある日の夕方、学校の最寄り駅の三軒茶屋から電車に乗ると、目の前にいた初老の男性と目が合った。親父だった。

僕が小学校に入る前に両親は離婚し、僕は母子家庭で育った。子どもの頃は親父と時々会っていたが、思春期の頃には関係も疎遠になり、この日親父に会ったのも二年か三年ぶりのことだった。親父は横浜の青葉区に住んでいて、同じ路線で通勤していたので、車内で会っても不思議ではないのだが、でもかなり驚いた。

息子「あっ」

父親「おう」

二、三年会わなくても支障をきたさないほど希薄な親子関係である。当然話題もない。二人は重苦しい沈黙のまま電車に揺られていた。

僕の降りる溝の口駅が近づいたとき、親父がボソッと言った。

「お前、いま何か本読んでるか」

「いや特に……」

「じゃあこれやるよ」

受け取った本をカバンに入れるのと同時に電車は駅に着いた。僕は何も言わず、振り返りもせずにホームに降りた。周囲の目には「怪しい取引をする男二人」に見えたかもしれない。

アパートに戻って本を取り出すと、それは「ジョージ君の青春記」（文春文庫）だった。カバーもなく、日に焼けて、かなり傷んでいた。親父は何度も読み返していたのだろう。

読み始めたら、あまりの面白さに止まらなくなった。深夜までかかって読み終え、翌日もう一度読み直した。

この本は、大学には入ったものの学業には興味を持てない青年ショージ君が、漫画家になりたいという思いは持ちながらもどうすればいいのかもわからず、無為で空虚な日々を送っていく様を切々と綴った実録の書である。そして、そこに書かれているショージ君の生活は、当時の僕の生活そのものだったのだ。

たとえば、

ショージ君は大学の講義よりも漫画研究会を生活の拠り所としていたが、僕も学業ではなく落語研究会を活動の拠点として生きていた。

ショージ君は毎朝学校に行くふりをして新宿のローヤル劇場で西部劇を観て過ごしていたが、僕は新宿末廣亭で落語を聴いて時間を消費していた。

ショージ君は「友子」という女性に恋をして、二人で野猿峠にハイキングに行くが、僕は「智子」という女性に恋をして、二人で野猿峠の近くにある多摩動物公園に出かけたことがある。

そして何より、ショージ君も僕も、「ともこ」との恋が実ることはなかった……。

以来僕は、東海林先生の本を読み漁るようになる。文庫はすべて揃え、繰り返し読んでいる。中でも「青春記」はいまでも年に一回は読むことにしている。親父からもらった本はボロボロになったので買い直し、それもいまではボロボロだ。

のちに医療系出版社の編集者となった僕は、ある夕刊紙でアルバイト原稿を書くことになった。その新聞は記事の末尾に署名が入る。僕の本名は「穐田《あきた》文雄」という珍しい名前なので、そのまま載せるとアルバイトをしていることが勤務先にバレてしまう。そこで敬愛する東海林先生にあやかったペンネームを作ることになったのだ。

その後フリーランスになって十数年を経たあるとき、知り合いの編集者の誘いで行った飲み会で、初めて東海林先生にお目にかかった。

先生を知る何人かから事前に得た情報は、次のようなものだった。

一、東海林さだおは笑わない

二、東海林さだおは褒めない

三、東海林さだおは喜ばない

余計な情報を得てしまった僕は、初めて会う先生を前に極度の緊張状態に陥った。アタフタしながら挨拶をし、ヘドモドしながら名前の由来を伝えた。

するとと先生はにっこり笑っておっしゃった。

「光栄です」

それどころか先生は、僕の肩を抱いて一緒に写真に収まってくださったのだ。

人の噂というものが、いかにいい加減なものであるかを学んだ夜だった。

さて、これで先生の著作の解説を書く資格が僕にも少しはあることをご納得いただけたかと思うので、解説に入ります。

東海林さだおのエッセイが人を惹き付けて離さない要因は多々あるが、僕がつねに感動するのは「目の付けどころ」と「的確な表現」だ。誰もが日常で経験していること、知っていることを取り上げていながら、誰も思いもつかないような視点から、これ以上ない言葉で表現する。

「神田川」というフォークソングは一定の年齢以上の日本人なら誰でも知っているが、その歌詞を取り上げ「自慢ソングだ」と言及したのは、後にも先にも東海林さだおだけだろう。

小さな石鹸カタカタ鳴った

という歌詞から、

「二人で暮らした年月」の長さを誇示して自慢している

と捉える洞察力（ひがみともいう）を持つ者が他にいるだろうか。いや、ない。

天ぷら屋さんが天ぷらを揚げる光景も、誰もが見て知っている。

しかし、海老にまとわりついたコロモが、そのまま人の口に入れば「コロモ」のままなのに、海老から剝落した瞬間「天かす」という蔑称が与えられ、哀れ落魄の身に転じる、という事実に気付いた者はまずいない。ましてその不幸を天かすの身になって世に訴えた人物は、地球上で東海林さだおただ一人なのだ。

それだけではない。天かすの不憫を正しく伝えるため、東海林先生は広辞苑から「滓」という言葉の解釈を引っ張ってくる。広辞苑という権威に「あとに残った不用物。また、劣等なもの。つまらないもの。屑」とまで言わせて、天かすへの同情を誘う。

神田川も天かすの一件も、誰もがそんなことを考えたこともなかったくせに、読むうちに「そうだよな……」と頷いてしまう。これすべて東海林さだおの指摘が正鵠を射ているからなのだ。

色々と書きたいことはあるが、自己紹介に紙幅を費やしてしまったので最後にもう一つだけ。

東海林先生の本は読んで面白いだけでなく、眺めて楽しむことができる。

よく武者小路実篤や相田みつをの色紙を額に入れて飾っている人がいるが、それらに勝るとも劣らない名画と名言が、先生の本には必ず何点か収められている。この本でいえば百八十一ページの「巾着」がそれだ。

会社で上と下から突き上げを食らいながらも、自分が緩衝材となることですべてを丸く収めている中間管理職のお父さんは、この絵を拡大コピーでもして額に入れて飾るといい。じっと眺めていると巾着のストレスに自分自身の労苦が重なり、清らかな涙が頬を伝うだろう。そして涙が乾くころには自然に笑みが浮かび、明日への活力がみなぎるはずだ。

それこそが東海林作品の最大の効能なのだ。副作用はありません。

最後にやっと医療ジャーナリストっぽいことが書けました。

（医療ジャーナリスト）

初出　『オール讀物』
二〇一七年十月号〜二〇一九年一月号
（「男の分別学」を改題）
『文藝春秋』
二〇一八年十一月号

単行本　二〇一九年五月　文藝春秋刊

DTP制作　エヴリ・シンク

文春文庫

ざんねんな食《た》べ物《もの》事典《じてん》

定価はカバーに表示してあります

2021年10月10日　第1刷

著　者　東海林《しょうじ》さだお
発行者　花田朋子
発行所　株式会社　文藝春秋

東京都千代田区紀尾井町 3-23　〒102-8008
TEL　03・3265・1211(代)
文藝春秋ホームページ　http://www.bunshun.co.jp

落丁、乱丁本は、お手数ですが小社製作部宛お送り下さい。送料小社負担でお取替致します。

印刷製本・凸版印刷

Printed in Japan
ISBN978-4-16-791771-5

（　）内は解説者。品切の節はご容赦下さい。

東海林さだお
目玉焼きの丸かじり

パセリの哀れな境遇を嘆き、枝豆の正式な食べ方についてマジメに考察し、つぶアンこしアンどちらを好むかで人物像に迫る。大人気食エッセイシリーズ第37弾！　（姜　尚美）

し-6-90

東海林さだお
メンチカツの丸かじり

団結を深めた肉のミッシリ感。あのサイズには意地と面子《めんつ》がかかっていた！　メンチカツの報われなさ、稲荷ずしの異変を嘆き、角砂糖への恋心を募らせる、シリーズ第38弾。（小宮山雄飛）

し-6-91

東海林さだお
シウマイの丸かじり

牛肉弁当目当てに駅弁大会に突入、買えたのはシウマイ弁当一個…内臓をどう説得するのか!?　海鮮丼の悲劇、複雑な鱈一家、スマホ時代のポテチを憂う、シリーズ第39弾。（たかぎなおこ）

し-6-92

東海林さだお
ショージ君の「料理大好き！」

カツオのたたきならぬ「たたかず」、鉄火丼ならぬ「銀火丼」、「贋北京ダック」などなど、ショージ君が挑む、ユニークな男の料理。たくさんのイラスト入りで紹介した名著復刊。

し-6-84

東海林さだお
さらば東京タワー

零落の東京タワーを訪問してギョッとする。ある時はロボット掃除機を観察、渾身の相田みつを研究に、昭和平成風俗史を振り返る等々。脱力の魅力全開、ショージ君参上！　（井上章一）

し-6-86

東海林さだお
猫大好き

なんとも羨ましい猫の生き方研究から内臓と自分の不思議な関係まで。ショージ君が深〜く考える、大好評エッセイシリーズ。南伸坊、パラダイス山元、近藤誠との対談も収録。（壇　蜜）

し-6-89

東海林さだお
ガン入院オロオロ日記

「ガンですね」医師に突然告げられガーンとなったショージ君。病院食・ヨレヨレパジャマ・点滴のガラガラ。四十日の入院生活が始まった！　他、ミリメシ、肉フェスなど。（池内　紀）

し-6-93

（　）内は解説者。品切の節はご容赦下さい。

水道橋博士
藝人春秋
北野武、松本人志、そのまんま東……今を時めく芸人たちを、博士ならではの鋭く愛情に満ちた目で描き、ベストセラーとなった藝人論。有吉弘行論を文庫版特別収録。（若林正恭）
す-20-1

田辺聖子
老いてこそ上機嫌
「80だろうが、90だろうが屁とも思っておらぬ」と豪語するお聖さんももうすぐ90歳。200を超える作品の中から厳選した、短くて面白くて心の奥に響く言葉ばかりを集めました。
た-3-54

立花　隆
死はこわくない
自殺、安楽死、脳死、臨死体験……。長きにわたり、生命の不思議をテーマとして追い続けてきた「知の巨人」が真正面から〈死〉に挑む。がん、心臓手術を乗り越え、到達した境地とは。
た-5-25

田中澄江
花の百名山
春の御前山で出会ったカタクリの大群落。身を伏せて確かめた早池峰の小さなチシマコザクラ——山と花をこよなく愛した著者が綴った珠玉のエッセイ。読売文学賞受賞作。（平尾隆弘）
た-14-5

高峰秀子
わたしの渡世日記（上下）
複雑な家庭環境、義母との確執、映画デビュー、青年・黒澤明との初恋など、波瀾の半生を常に明るく前向きに生きた著者が、ユーモアあふれる筆で綴った傑作自叙エッセイ。（沢木耕太郎）
た-37-2

高峰秀子
コットンが好き
飾り棚、手燭、真珠、浴衣、はんこ、腕時計、ダイヤモンド……。これまで共に生きてきた、かけ替えのない道具や小物たちとの思い出を、愛情たっぷりに綴った名エッセイ。待望の復刻版。
た-37-7

壇　蜜
壇蜜日記
賞味期限切れのソースで運試し。新聞を読めば、求人欄に目がいく。抱かれる予定はしばらくなし——。あの壇蜜が、文壇を驚愕させた流麗な文体で綴る「蜜」な日々！　文庫書下ろし。
た-92-1